Tucholsky Wagner Zola Scott Sydow Freud Schlegel
Turgenev Wallace Fonatne

Twain Walther von der Vogelweide Fouqué Friedrich II. von Preußen
Weber Freiligrath Frey

Fechner Fichte Weiße Rose von Fallersleben Kant Ernst Frommel
Richthofen

Hölderlin

Fehrs Engels Fielding Eichendorff Tacitus Dumas
Faber Flaubert

Eliasberg Ebner Eschenbach
Feuerbach Maximilian I. von Habsburg Fock Zweig
Ewald Eliot Vergil

Goethe Elisabeth von Österreich London

Mendelssohn Balzac Shakespeare Dostojewski Ganghofer
Trackl Stevenson Lichtenberg Rathenau Doyle Gjellerup
Mommsen Tolstoi Hambruch
Thoma Lenz Hanrieder Droste-Hülshoff

Dach Verne von Arnim Hägele Hauff Humboldt
Reuter Rousseau Hagen
Karrillon Garschin Hauptmann Gautier

Damaschke Defoe Hebbel Baudelaire
Descartes

Hegel Kussmaul Herder
Wolfram von Eschenbach Dickens Schopenhauer
Bronner Darwin Melville Grimm Jerome Rilke George
Campe Horváth Aristoteles Bebel Proust

Bismarck Vigny Barlach Voltaire Federer Herodot
Gengenbach Heine

Storm Casanova Tersteegen Gilm Grillparzer Georgy
Chamberlain Lessing Langbein Gryphius
Brentano Lafontaine
Strachwitz Claudius Schiller Kralik Iffland Sokrates
Katharina II. von Rußland Bellamy Schilling
Gerstäcker Raabe Gibbon Tschechow

Löns Hesse Hoffmann Gogol Wilde Gleim Vulpius
Luther Heym Hofmannsthal Klee Hölty Morgenstern
Roth Heyse Klopstock Kleist Goedicke
Luxemburg Puschkin Homer Mörike
La Roche Horaz Musil
Machiavelli
Navarra Aurel Musset Kierkegaard Kraft Kraus
Lamprecht Kind Moltke
Nestroy Marie de France Kirchhoff Hugo

Nietzsche Nansen Laotse Ipsen Liebknecht
Marx Ringelnatz
von Ossietzky Lassalle Gorki Klett Leibniz
May vom Stein Lawrence Irving
Petalozzi
Platon Knigge
Sachs Poe Pückler Michelangelo Kafka
Liebermann Kock Korolenko
de Sade Praetorius Mistral Zetkin

Der Verlag tredition aus Hamburg veröffentlicht in der Reihe **TREDITION CLASSICS** Werke aus mehr als zwei Jahrtausenden. Diese waren zu einem Großteil vergriffen oder nur noch antiquarisch erhältlich.

Symbolfigur für **TREDITION CLASSICS** ist Johannes Gutenberg (1400 — 1468), der Erfinder des Buchdrucks mit Metalllettern und der Druckerpresse.

Mit der Buchreihe **TREDITION CLASSICS** verfolgt tredition das Ziel, tausende Klassiker der Weltliteratur verschiedener Sprachen wieder als gedruckte Bücher aufzulegen – und das weltweit!

Die Buchreihe dient zur Bewahrung der Literatur und Förderung der Kultur. Sie trägt so dazu bei, dass viele tausend Werke nicht in Vergessenheit geraten.

Der Nonnenstein

Kurt Kluge

Impressum

Autor: Kurt Kluge
Umschlagkonzept: toepferschumann, Berlin

Verlag: tredition GmbH, Hamburg
ISBN: 978-3-8424-0842-5
Printed in Germany

Text der Originalausgabe

Der Nonnenstein

Novellen
von

Kurt Kluge

Der Nonnenstein (1934) – Die drei Gelehrten (1932) – Der Gobelin
(1933)

J. Engelhorn Nachf. Stuttgart
[1936]

Der Nonnenstein

Der Schnee fiel in schweren, wäßrigen Flocken. Elendes Winterwetter – naß, nicht kalt und nicht warm. Der Porzellanfabrikant Gottlob Schwanemann, so hager er war, atmete mühsam auf dem steilen Hügelpfad, der sich zwischen den beiden jäh in die Tiefe fallenden Kaolingruben hinaufwindet. Er blieb stehen und putzte die schneeverklebten Brillengläser.

»Da ist er ja schon, mein Herr Bruder«, sagte Gottlob verdrießlich, als ihm die blanke Brille wieder auf der Nase saß und ein deutlicheres Bild der flockenverhängten Welt zur Verfügung stellte: die runde Hügelkuppe lag wenige Schritte vor ihm, und zuoberst auf ihr erhob sich, dunkel im wehenden Grauweiß der Winterluft, die mächtige Silhouette eines wohlbeleibten Mannes.

»Da steht er und lacht« – Gottlob nickte zornig mit dem Kopfe – »natürlich: ich bin im Recht und er – lacht.«

Ein derartig gesättigtes, breites Lachen konnte einen verärgerten Fabrikanten von der windigen Statur Gottlobs wirklich kränken: es dröhnte durch die Totenstille dieser Schneewelt.

Rasch ging er die letzten Schritte zur Höhe und sagte trocken: »'n Tag, Eduard.« Die Hand hatte er zum Gruß leider nicht frei, weil er gleich seinen Zollstock aufklappen mußte. Eduard sah seinen Bruder aus zusammengekniffenen Augen an und lachte lautlos weiter. Dann zeigte er den Grubenabhang hinunter, an dem sich ein Arbeiter mit einer Meßschnur plagte.

»Sieh ihn dir an, Gottlob – weißt du, was Hackepfiffel eben gesagt hat?«

»Ich denke, wir fangen gleich an –«

»Im Augenblick, Gottlob – er hat gesagt: ich binde 's Maß immer an das Frauenzimmer – und da wundern wir uns, wenn er sich vermißt!«

Hackepfiffel hatte wirklich ein Weib zum Meßpunkt genommen: der Grenzstein auf dem Taubenbacher Hügel heißt der Nonnenstein, weil in seine Vorderseite das Relief einer Nonne eingemeißelt ist. Genau dort, wo sich der Gürtelknoten des steinernen Nönnchens schürzt, saß Hackepfiffels Nullpunkt der Meßschnur. Die Nonne schien das aber so wenig wie Eduard zu stören – lustig lächelte sie unter ihrer gotischen Haube in Schlackerwetter und Bruderstreit hinein. Die Jahreszahl unter dem Bild war ausgebrochen. Auf der Rückseite des Steines sollte noch ein Spruch stehen. Eduard hätte ihn gerne gewußt. Aber grade dort fiel die Kaolingrube so jäh in die Tiefe, daß er die Umgehung des Grenzsteines nie gewagt hatte. Die Dorfbewohner konnten die uralte Schrift nicht entziffern, und für Gottlob war nur wichtig, daß der Nonnenstein die Grenze zwischen der Eduardschen und seiner eigenen Kaolingrube bezeichnete.

»Willst du nicht mal versuchen, die Rückseite dieser lächelnden Dame zu entziffern, Gottlob?«

»Ich denke, wir fangen nun wirklich an.«

»Hast recht, Gottlob. Mach schneller, Hackepfiffel! Wir wollen endlich wissen, ob die Firma Gottlob widerrechtlich der Firma Eduard Porzellanerde abgrub – oder umgekehrt. Das muß im alten Jahr noch ins reine kommen. Haha, dann kann heute nacht, Punkt zwölf Uhr, deine Frau die Silvesterfriedensrede halten, alter Justitiarius. Ich erwarte dich mit Eva wie immer um neun Uhr.«

Gottlob zog die Stirnfalten noch finsterer zusammen: »Eva hält keine Reden.«

»Mensch! Gottlob! Ich gratuliere! Du bist der erste Adam, der das behaupten kann!«

Gottlob schwieg und schrieb die Meßzahlen, die ihm Hackepfiffel zurief. Er wußte, daß es gar keinen Sinn hatte, sich mit seinem Bruder einzulassen. Die sonnenklarste Richtigkeit wußte dieser lachende dicke Mensch so lange zu mißhandeln, bis er die Lacher auf seiner Seite hatte – und wenn bloß eine steinerne gotische Nonne lachte oder gar Eduards Vorarbeiter, der dickfellige Hackepfiffel. Daß sich dieser Herr Eduard aber besser um sich selbst zu kümmern und einer etwas weniger junggesellenhaften Lebensweise zu befleißigen habe – der Schlaganfall voriges Jahr war gar nicht so leicht gewesen – zu dieser Einsicht schien es bei ihm nicht zu langen . . .

Zornig las Gottlob die Zahlen. Natürlich ergab die Messung, daß die bekannte Taubenbacher Firma Eduard Schwanemann, Luxusporzellan, tatsächlich vier und einen halben Meter in die Kaolinerde der bekannten Taubenbacher Firma Gottlob Schwanemann, Gebrauchsgeschirre aller Art, hineingegraben hatte.

Hackepfiffel kratzte sich hinter den Ohren:»Mr versieht sich zu leicht beim Messen. 's is alles so abschiss'g hier. Unten nur'n bißchen den Zollstock schief – un gleich sins om vier Meter.«

»Vier und ein halber Meter«, berichtigte Gottlob scharf.

»Pfui, Hackepfiffel!« rief Eduard,»willst du aus meinem Bruder einen Kain machen?! Und aus mir einen – hm, ich als Abel – nee, Gottlob, Abel steht mir nicht. Nichts für ungut. Übermorgen hast du die irrtümlich gegrabene Erde auf deinem Hof.«

Gottlob nickte und wandte sich zum Gehen:»Ich habe es eilig. Ultimo, du weißt. Wiedersehen.«

»Also Punkt neun Uhr heut abend. Grüß Eva!« rief ihm Eduard nach und schüttelte den Kopf:»Der Tüchtge«, sagte er vor sich hin. »Der Tüchtge.«

Mit diesem Wort bezeichnete Eduard seinen Bruder immer dann, wenn dieser im Rechte war, und da Gottlob stets recht hatte, hieß er bei Eduard schlechthin der Tüchtge.

Aber Gottlob verdiente dieses Lob auch. Kein porzellanener Gegenstand des täglichen Lebens, den man nicht dutzend-, gros-, waggonweise zu den günstigsten Bedingungen von Gottlob Schwanemann beziehen konnte.

Eduard mangelte solchen Ruhmes. Er stellte keine gebrauchsfähigen Gegenstände her. Immerhin waren die hübschen Figuren mit dem Monogramm ES auf der Leipziger Messe wohlbekannt und gesucht. Eduard hatte Sinn für Kunst und entdeckte darum immer wieder begabte Modelleure und gute Maler. Nur die Ideen zu den Porzellanfiguren holte Eduard aus sich selbst.»Wahrscheinlich nach der zweiten Flasche«, knurrte Gottlob, wenn ihm sein Prokurist erzählte, daß der Umsatz nebenan wieder merkwürdig gut gewesen sei.»Wir dienen mit unserer Arbeit dem Leben, Brotewind. Hinter dem Zeug da drüben« – den Rest sprach er für sich –»steht . . . was denn: der Schlaganfall steht da . . .«

In der Tat hatten die Eduardschen Statuetten etwas Heiteres, Beschwingtes – mindestens »beschwingt«: »frivol« nannte Gottlob die weniger Geld, »zynisch« die viel Geld einbringenden Figuren. Hackepfiffel würde sie wahrscheinlich einfach als »abschiss'g« bezeichnet haben, wenn die Sujets nicht nur Lagernummern für ihn gewesen wären. Er sah sie eigentlich gar nicht. Obgleich Hackepfiffel meist als Sortierer in der Fabrik tätig war, bedeuteten ihm Statuetten verpackt ungefähr dasselbe wie unverpackt: Hackepfiffel war auf dem Standpunkt des Arbeitens, des Reinproduktiven als solchem stehengeblieben. Ihm fehlte die für einen Porzellansortierer eigentlich unerläßliche kritische Begabung. Dieser Mangel seiner Natur ließ ihn auch nie den tieferen Grund des dauernden Streites zwischen den Häusern Eduard und Gottlob erfassen. Nichts tat er zum Ausgleich. Im Gegenteil: der treue Knecht grub versehentlich Gottlob das Kaolin ab – sofern der anstehende Erdgang besonders weiß und fett war. Er entwurzelte die Gottlobschen Zäune, indem er die Eduardschen Trockenplanken kräftig dagegenlehnte. Er pfiff auf dem Hof, wenn Gottlob drüben addierte – er war ein äußerst brauchbarer, unkritischer Knecht.

Eduard aber – der war viel zu gescheit und hatte viel zu lange in London gelebt –»und wie!« sagte sein Bruder –, um unkritisch zu sein. Aber er war auch zu weise und zu tief von der Kürze des menschlichen Lebens überzeugt, um an der falschen Stelle kritisch zu werden. Wenn zum Beispiel sein Modelleur Fabian zu ihm kam und das neue Modell für eine Porzellanstatuette auf den Tisch stellte, ließ es Eduard nur zu oft an der Spreu und Weizen sondernden Kritik fehlen, die ein Fabrikant von wenig oder gar nicht bekleideten Figuren zu haben hat.

Fabian hatte ihm auf seinen Wunsch das »Nönnchen« modelliert – so, wie es oben auf dem einsamen Grenzstein in die Welt hineinlächelte. Die Statuette Fabians war von derselben bewegt abwehrenden Haltung wie die gotische Nonne, die sich halb erschreckend, halb lachend zurückbiegt, als wenn eine Maus, eine Kröte oder, theologisch ausgedrückt, als wenn der Satan vor ihr auftaucht. Die Finger waren ähnlich gespreizt, die Figur hatte auch eine ähnliche

Haube auf dem Kopf. Sonst freilich war keinerlei Kleidung ange-
deutet. Sie war nackt, und Fabian hatte zu seiner Entschuldigung
»Eva« in den Sockel geschrieben.

Eduard besah sich sorgfältig die ausgezeichnete Modellierung,
biß in Gedanken die Spitze einer neuen Zigarre ab und sagte dann:
»Hebe dich weg von mir, Fabian – nee: bloß du. Die Figur laß mir
mal da, mein Sohn.«

Diese »Eva« wurde nun in Porzellan ausgeführt, fand größten
Beifall, wurde das glänzendste Geschäft der Firma Eduard Schwa-
nemann – und von ihrem rosigen Schimmer flog der zündende
Schein in den seit alters glimmenden Bruderstreit, dessen Kosten an
Ärger allerdings ausschließlich wieder Gottlob tragen mußte, weil
er im Rechte war.

Gottlob nämlich hatte vorm Jahre einen gewichtigen Schritt mitten in seine lorbeerbekränzte Lebensjahrzahl Fünfzig hineingetan
und die Tochter eines wohlhabenden Konkurrenten geehelicht,
welcher ebenfalls mit großem Erfolg Gebrauchsgeschirre aller Art
herstellte. Ob die Liebe an sein sehniges Herz gerührt, ob die Bilanz
des konkurrierenden Tochtervaters zu blendend in die Kontore
Gottlobs hineingestrahlt hatte: sie hieß jedenfalls Eva und war ein
rundliches, entzückendes, strahlendes Mädchen vom Lande, das in
einer jener städtisch kultivierten Villeggiaturen aufgewachsen war,
wie sie nur die großen Thüringer Fabrikbesitzer fast italienisch reich
und heiter zwischen die waldigen Hügelwellen dieses Landes hin-
zustellen verstehen, weil ihnen die Gebräuche von London bis Is-
tanbul vertraut sind und angenehm dünken.

Diese Eva hätte nun besser in den glänzenden Haushalt des un-
verheirateten Eduard hineingepaßt, aber Eduard war viel älter als
sein Bruder und bereits dort angelangt, wo der Mann öfter mit dem
schräg gehaltenen Weinglas zwischen Tisch und Mund stillehält
und lächelnd, aus halbgeschlossenen Augen, so ein zwitscherndes
Lebewesen betrachtet: »Kann das sein? Fromm, brav, nett – und
undurchdringlich wie eine Tropennacht . . . na prost, Gottlob«, fügte
er unvermittelt laut hinzu.

Nach längerer Beobachtung hatte Eduard auch herausbekommen,
wo das geheimnisvoll Lebendige dieses noch erlebnislosen Frauen-
gesichtes herkam: Evas Mund war bei allem Liebreiz durchaus

asymmetrisch. Wiederum unvermittelt hatte Eduard gemurmelt: »Lobe Gott, Gottlob« und dann schweigend den Duft seines Markobrunners eingesogen. Er war in solchen seelisch-plastischen Feststellungen Laie. Oder doch Amateur war er: der Bildhauer Fabian jedoch war Fachmann. Vielleicht hatte Eduard seine Ergründung der Evaschönheit unbewußt ausgestrahlt, vielleicht war dieses Phänomen dem Fabian aus eigner Kraft aufgegangen – Tatsache blieb, daß die Nachbildung des Nönnchens, die »Eva mit der Schlange«, ein so entzückend schiefes Mäulchen besaß, daß dies keinem Beschauer als schief zum Bewußtsein kam, aber jedem Beschauer eine irgendwie vorhandene Ähnlichkeit zwischen der porzellanenen und der lebendigen Eva aufdrängte.

Nun war diese Ähnlichkeit lediglich künstlerisch wirklich, jedoch keineswegs juristisch existent. Gottlob konnte gelb vor Wut werden: sachlich zu begründen vermochte er seine Wut nicht. Er fraß also die ihm völlig dunkle Schönheit in sich hinein. Nur bei Gelegenheiten quoll ihm der Zorn durchs Leder: wenn Hackepfiffel Kaolin stahl. Oder wenn Gottlob im Geiste seinen Bruder sah, wie er sich – schon im schwarzen Rock und etwas eingezwängt vom Kragen – ächzend bückte, um eine Flasche Cliquot von den kühlen Fliesen des Wintergartens hochzuheben: wie er mit ihr liebäugelte und den Neujahrsspruch überlegte, den er Eva – nicht ihm, dem Gottlob, ih wo – den er ihr darbringen wollte. Oh – Gottlob kannte diese verdammten Eduardschen Trinksprüche. Ein wenig altmodisch gingen sie los, beinahe großvaterhaft, und urplötzlich kam eine überraschende geistvolle Wendung, über die dann Gottlob eine halbe Stunde nachdenken mußte, ob nicht doch eine Niedertracht dahintersteckte ...

»Der Teufel soll ihn und seinen Cliquot samt Spruch und Augenzwinkern holen!«

Der Tisch war in Ordnung. Eduard rückte noch ein wenig an den Gläsern, stellte die Zigarren zurecht: »Sind die Herrschaften schon da?« fragte er den eintretenden Diener. Aber Karl hatte nur einen schmalen Brief abzugeben. Evas Hand? Eduard öffnete.

Sie könnten leider nicht kommen, schrieb seine Schwägerin. Ein wenig Fieber habe sie, nicht schlimm, aber das Zimmer möchte sie doch nicht verlassen. Eduard sah lange auf das Kartenblatt. Dann senkte er den Kopf. Er fischte aus dem Weinkühler ein Stück Eis, drehte das Kristall in Gedanken hin und her. Es schmolz zwischen seinen Fingern. In dem türkischen Teppichrot breitete sich ein dunkler Wasserfleck aus. Karl blickte seinen Herrn an. »Schade«, murmelte Eduard und drehte die dicke Flasche in das Eiswasser. »Er hätte ihr geschmeckt. Ja. Der Tüchtge ... nimm zwei Gedecke ab, Karl. Die gnädige Frau ist krank. Und nun trag auf.«

Nach den ersten Bissen, den ersten Schlucken wurde ihm langsam wieder wohl zu Sinn. Er speiste, wie er es gewohnt war, einsam und sehr geruhsam. Als die Zigarre brannte, erhob er sich, holte die Porzellanstatuette der »Eva« vom Wandtisch, stellte sie zwischen die Blumen: das Nönnchen. Weiß Gott: eine Nonne. Und scheint lebendiger als eine ganze Straße voll Großmäuler. Scheint? Wenn man dahinterkäme, was sie in sich so denken ... ah was – wahrscheinlich denken solche Evas gar nichts. Sie sind bloß da. Aber halt – wenn sie einen manchmal blitzschnell aus den Augenwinkeln ansehen ... abgrundtief: natürlich denken sie sich was beim Leben. Ja früher, als die Menschen noch keine Briefe schrieben – Eduard knickte Evas Briefkarte gedankenvoll zu einem kleinen Fächer – früher, da kam man leichter dahinter – früher? Bei einer Eva von einst? Ich habe ja eine! In Stein gemeißelt! Und sogar mit dem unbekannten Spruch hinter sich!

Eduard nahm die Porzellanfigur in die Hand. Aber er sah sie nicht. Eine graue, uralte Figur wuchs über das rosig schimmernde Ding – verwittert geheimnisvoll und dennoch strahlend lächelnd ... ihr Spruch? Schneeflocken wirbelten, eine Dohle saß über ihr und schrie in die Nacht vor Hunger ...

Eduard klingelte.

»Karl, schicke mir mal den Hackepfiffel her.«

Der Diener warf einen erstaunten Blick auf die Standuhr: eine halbe Stunde vor zehn.

»Aber gleich. Es eilt mir.«

Einfach war das nicht, in der Silvesternacht einen Hackepfiffel aufzutreiben. Endlich fand ihn Karl im »Bären«, ganz hinten am runden Tisch. Hackepfiffel brauchte Zeit. Er mußte sich erst wundern, dann austrinken, schließlich das Wolltuch um den Hals binden. Jetzt stand er vor Eduard.

»Mein Freund« – Eduard drückte ihm einen so bedeutenden Geldschein in die Hand, daß Hackepfiffel langsam seinen Mund öffnete und während des Folgenden zunächst auch nicht wieder zuklappte – »das gehört dir. Du suchst dir jetzt einen Spaten und drei stämmige Gehilfen. Ihr geht auf den Taubenbacher Hügel – wir haben Vollmond, es schneit kaum noch – und oben auf dem Hügel grabt ihr mir den Stein aus –«

»Hö?«

»Ja, den Nonnenstein. Den bringt ihr mir her. Hier herein. Ich warte so lange.«

»Nähm Ses nich übel, aber –«

»An dem Schein in deiner Hand siehst du, daß ich nur eins übelnehme, Hackepfiffel: wenn ihr mir meinen letzten Wunsch im alten Jahre nicht erfüllt.«

»In der Silvesternacht, 'n alten Schteen« – der Knecht wendete den Geldschein nach allen Seiten – »verdammig, aber viel Geld.« Er ging.

Eduard schenkte sich lächelnd ein: »Wir kommen doch vielleicht noch hinter dich, mein liebes Nönnchen.«

Die Abendzeitung in Gottlobs Hand zitterte. Seine liebenswürdige junge Frau hatte ihm soeben erklärt, er möchte in Zukunft die Lügenbriefe selber schreiben, wenn er sich mit seinem Bruder verzankt hätte. Er habe vielleicht Fieber. Sie nicht! Er finde vielleicht Genuß am Zeitunglesen. Aber sie nicht! Ihr lagen die Eduardschen Abende im Sinn: die Heiterkeit – ohne daß Eduard eigentlich lustig war oder spaßhafte Geschichtchen erzählte. Sie wußte selbst nicht, woran es lag, aber dort drüben wehte ein Luftzug aus großer, weiter Welt um sie, ein duftender, fremder Wind. Sie blähte die zierlichen Nasenflügel, um ihn einzuatmen. Eduard konnte mit einer Handbewegung, mit einem Summen beim Einschenken, mit zehn Worten machen, daß ihr plötzlich die palmenbeschattete Terrasse am Perapalast gehörte, Wellen schimmerten . . .

Einen Punsch möchte sie ansetzen, sagte Gottlob.

»Ich?!«

»Ich etwa?!«

Aus dieser beiderseitigen Frage entsprang nun endlich der eheliche Krach, der seit dem Nachmittag in der dicken Schneeluft lag. Gottlob geriet sehr bald in die Minderheit. Mit Zahlen war hier nicht durchzukommen. Und Gottlob faltete plötzlich die zerknitterte Zeitung zusammen, erhob sich und sagte: »Gute Nacht.«

»Du – –?«

»Wie? Ja. Die paar Stunden Schlaf brauche ich. Der Nachtzug nach München« – Eva sah ihren Gatten groß an, hier war nun wieder mit Sprachgewandtheit nicht durchzukommen – »ah, hatte ich vergessen, dir zu sagen –? Ja? Übermorgen ist die Porzellansitzung in München. Oder soll ich etwa eine wichtige Sache versäumen, bloß weil morgen Neujahr ist?«

Eva nahm eine Handarbeit. Sie war den Tränen nahe. Was sie alles noch zu sagen gehabt hätte! Daß Geschäft angeblich »Geschäft« sei, wußte sie aus ihrem Vaterhaus. Aber dieses rücksichtslose Verreisen, wenn's ihm paßt . . .

Ach, es paßte Gottlob gar nicht. Aufregungen jedoch legten sich ihm auf die Leber, beeinflußten seine Nierentätigkeit: lieber verreisen. Man kommt in drei, vier Tagen wieder. Man ist frisch. Man hat dies und jenes Geschäftliche erledigt. »Ich muß mich meiner Firma erhalten«, sprach Gottlob, nahm ein wenig Brom zu sich und schlief ein.

Während Gottlob schlummerte, Eduard trank und Eva an ihrer Handarbeit stichelte, gruben oben auf dem Taubenbacher Hügel vier Männer den Nonnenstein aus. Mühselig genug: mit Hacken mußten sie das hartgefrorene Erdreich aufbrechen. Es war kalt geworden. Vom Mühlberg her wehte ein scharfer Nord. »Aber nobel is'r. Wenn mer das Aas raus ham, setz mern Grog an, un was for een'n.« Endlich lag der schwere Steinblock auf dem Weg, ächzend luden sie ihn auf eine Tragbahre, die sie mitgebracht hatten, und traten den Heimweg an. Ein seltsamer Zug – als ob vor dem großen Zwölfuhrgeläut noch eilig ein Toter über die Höhe getragen werden müßte. Aber auf der Bahre lag eine steinerne Eva, lächelte und ließ vier Männer unter ihrer Last stöhnen und fluchen. An der Sandgrube ging es noch einmal steil aufwärts. Kaum waren sie schweißgebadet mit ihrer Bürde auf der freien Hochebene, packte sie der eisige Nordwind. »Grauslich«, knurrte sogar Hackepfiffel. Die Männer keuchten. Schmerzend drückten sich ihnen die Holzgriffe der Bahre in die Schultern. »Jetzt kann ich nicht mehr. Wart't mal.«

»Halt doche!« – plötzlich begann hohl wie aus dem Erdinnern und doch scheinbar dicht unter ihnen die Neujahrsglocke durch das Schneetreiben zu hämmern. Die Männer zuckten zusammen. »Weiter!« wollte Hackepfiffel schreien, wandte sich um – da kam die Bahre schief zu liegen, dumpf krachte der Nonnenstein in den Schnee, überschlug sich und rollte in die weißverwehte Sandgrube hinunter.

»'s soll nich sin. Laßt'n liegen. Kommt schnell.«

»Schnell«, sagte auch Gottlob zum Kutscher, als er in den Schlitten stieg. Der Ort lag im Schlaf. Aber als sie um die Ecke der Waldstraße klingelten, scheuten die Pferde: aus den Fenstern des Eduardschen Hauses fiel strahlend gelbes Licht auf den Schnee. Gottlob schüttelte den Kopf: »Unverwüstlich ist er.«

»Wirklich unverwüstlich«, sagte Gottlob eine halbe Stunde später noch einmal, als der Zug über den Viadukt fuhr. Von dort oben hat man einen Blick aus die Taubenbacher Dächer; Eduards Fenster strahlten noch immer in die Nacht. Hätte der Zug aber Verspätung gehabt, so würde sich dem Reisenden ein doppelt bedenklicher Anblick geboten haben. Gottlobs eigene Fenster wurden nämlich auch hell. Ein breiter Lichtkegel fiel aus der weitoffenen Haustür auf die Straße und Eva, Gottlobs Eva eilte, flüchtig einen Pelz um die Schultern gehängt, dem Eduardschen Hause zu, neben ihr mit einer Laterne, jammernd, weinend, die alte Haushälterin: »Schnell! Diesmal is es schlimm. Der Doktor sagt's auch. Reden kann'r nich mehr. Aber den Nam von gnä Frau habch verstehn könn'.«

Kranksein und Sterben hatte sich bis zu dieser Nacht in weiter Ferne von Eva vollzogen. Das Vergehen war für sie die Sache der anderen gewesen. Noch unterwegs wehrte sie sich gegen die dunklen Fledermausflügel, die unheimlich streichelnd um sie huschten. Als aber die Tür vor ihr aufging, als sie den Wehrlosen daliegen sah, schlug sich die Ewigkeit vor ihr auf – entsetzlich unbeteiligt, gelassen. Eduard bewegte sich nicht. Aber er mußte wohl die weibliche Wärme empfinden, als sie bei ihm war. Er tastete mit der Hand, fand Evas Hals, fand ihr Gesicht –

»Kann ich dir helfen, Eduard?«

Er machte eine Bewegung mit den Mundwinkeln. Eva beugte sich über ihn, nahm mütterlich sein mächtiges, weißhaariges Haupt in ihre Hände.

»Der Stein – – der Spruch –« und das Haupt wurde mit einemmal schwerer als alles Gewicht, das Eva je in ihren Händen gefühlt hatte. Durch den wehenden Schneesturm hallten abgerissen einzelne Glockenschläge vom Neujahrsgeläut.

Sie läuteten heute lange. Eine ganze Nacht? Oder ein ganzes Jahr? dachte Eva. Eine Minute holt manchmal aus uns heraus, woran das ordentlich trottelnde Leben zehn Jahre lang vergebens zerren kann, und kriegt es doch nicht frei. Solche Minuten dehnen sich freilich maßlos aus – vielleicht ist aber nur unsere mechanische Zeitmessung ein Spott auf den Menschen. Als Eva die Treppe hinunterging, schlug irgendwo im Hause Eduards eine Uhr die erste Morgenstunde des neuen Jahres: »Unsere Uhren gehen falsch«, sagte sie, »wo bin ich hin in der einen Stunde?« Nach allen Seiten sproßte jetzt ein Gerüst des Todes in ihrer eben noch so kleinen und weichen Seele. Sie erschrak nicht einmal, als sie im zugigen Torweg eine Erscheinung hatte. Nur die Hand legte sie aufs Herz: wirklich, sie irrte nicht – da traten aus dem Schneegestöber in Eduards Tor vier Vermummte, die eine Totenbahre trugen, kamen auf sie zu, blieben stehen –

»Nanu«, hörte sie eine bekannte Stimme sagen.

»Hackepfiffel – Ihr, in der Nacht –«

»Mr ham'n verlorn.«

Jetzt wollte Eva doch aufschreien. Der Knecht sah ihre entsetzten Augen:»Den Schteen doch bloß.«

»Mein Gott – Stein hat Eduard gesagt.«

»Richtg. Den Nonnenschteen.«

Der Wind blies Schneewolken in den Torweg. Ein Träger ließ den Bahrengriff los und schloß das Tor. Es war plötzlich eine Kirchenstille in dem gewölbten Gang – tief genug für solche Nachrichten, wie sie die Gattin Gottlob Schwanemanns und der Knecht Eduards zu tauschen hatten.

Die Depeschen waren bei Gottlob verspätet eingetroffen. Bei wichtigen Geschäftsreisen kann man seinen Aufenthalt nicht immer genau vorherbestimmen. Für Gottlobs Gesundheit war die Ortsveränderung recht zuträglich gewesen. Und wie der Herr der vereinigten Häuser Schwanemann jetzt alle seine Kräfte brauchte! Er strich sich langsam über das Kinn. Ja, je tüchtiger einer ist, desto mehr wird im Leben von ihm verlangt. Es gab ungeheuer zu rechnen, zu überlegen: Gottlob schaukelte auf einem Meer von Zahlen. Eva sah ihn an.

»Hm« – er fühlte den Blick – »nimm deinen Mantel, Eva. Wir wollen erst mal auf den Friedhof gehen.«

Sie könne leider nicht mitkommen, antwortete Eva. Ein wenig Fieber hätte sie. Nicht schlimm. Aber das Zimmer möchte sie doch nicht verlassen.

Gottlob ging allein. Als er der Grabstätte der Schwanemanns näher kam, stutzte er, blieb stehen . . .

»Schon der Grabstein gesetzt? Ohne mich zu fragen?«

Er trat heran, sah scharf hin und glaubte doch nicht recht zu sehen: hinter dem Hügel stand der Nonnenstein – ohne Zweifel, das mußte der Grenzstein sein, der lebenslang zwischen ihm und seinem Bruder gestanden hatte. Nur stand er jetzt verkehrt, die Schrift nach dem Grabhügel zu gewendet. Das Nönnchen lächelte nach den fernen, schneebedeckten Hügelwellen hin.

Der Name des Toten war frisch in den Granit hineingemeißelt. Unter dem Namen aber stand ein Spruch – uralt, unleserlich. Gottlob entzifferte lange an den krausen Buchstaben. Jetzt mußte er es haben. Langsam strich er mit Daumen und Zeigefinger an der Nase herunter, sah seitwärts – ja, jetzt fuhren Gottlobs Blicke ebenso unruhig forschend im Leeren herum wie früher in Eduards Speisezimmer, wenn sein Bruder das Glas am geschliffenen Stengel gefaßt hatte, um und um drehte, damit der Markobrunner golden im Kerzenschein aufleuchtete und dann den Mund öffnete zu einem seiner undeutlichen Sprüche.

Dieses stand auf dem Nonnenstein zu lesen: »Denen aber, die draußen sind, widerferet es alles durch Gleichnisse. Marcus Vier, im elften Verse.«

Die drei Gelehrten

Ein ganzes Gotteshaus mit Schiff, Seitenschiffen, Turm und Glocke hatte sich Professor Gottlieb Köster nicht gekauft, aber immerhin ein Weinberghaus, dessen Keller im Mittelalter nachweislich die Krypta einer jetzt verschwundenen Kirche gewesen war. Das Häuschen lag auf der Höhe des Hügels hinter Meersburg und gewährte dem Professor für Kirchengeschichte eine so weite Aussicht, wie sie ihm die Wissenschaft vom Leben der christlichen Kirche nicht durchweg zur Verfügung stellen konnte.

In dieser Dämmerstunde verzichtete Köster auf jede Aussicht, ließ sich in der tiefen Fensternische seines Kellers behaglich auf eine altersschwarze geschnitzte Bank nieder, welche zweifellos das einstige Postament des Heiligen war, den man vor Zeiten hier verehrt hatte und sagte:»Wie angenehm ist es, besitzen zu dürfen, was ein Heiliger bestanden hat.«

Das Abendlicht schien durch das kleine Kryptenfenster, Köster sah den Schein an den mit ungelenker Hand verputzten Gewölbekappen spielen und setzte kopfschüttelnd hinzu:»Meine ganze Besitzung hier oben ist eigentlich angewandte Kirchenhistorik.« Er ahnte nicht, wie wahr er da gesprochen hatte. Köster glaubte zu wissen, wo er saß, aber er wußte es so wenig wie jeder andere Gelehrte, denn sein merkwürdiger Sitz war nicht nur ein Sockel, sondern zugleich ein Behälter. Daß er dies nicht sogleich erwog, mußte man ihm zum Vorwurf machen, und es wurde später viel darüber geschrieben. Die lange Reihe seiner Vorsassen bestand aus tüchtigen, trinkenden und rechnenden Weinbauern, und die brauchten beruflich nicht zu erwägen, ob der Sitz unter ihnen einen Gehalt habe. Aber ein Gelehrter muß wissen, daß die Dinge hohl sind und daß eben in dieser Hohlheit ihr Sinn steckt.

Der Sockel war in der Tat hohl, und auf seinem Grund lag ein Bündel beschriebenes Pergament. Dieses uralte Manuskript aber war die unvorstellbar kostbare zeitgenössische Abschrift einer Abhandlung des Antonius von Koma über die Idee von der unwiderstehlich wirkenden Gnade – eine Schrift, über deren Inhalt die Wissenschaft wohl Vermutungen anstellte, die aber für verloren galt.

Diesen Verlust bedauerten die Gelehrten um so tiefer, als in jenem Antonius mit Recht der Vater des Einsiedlerlebens vermutet wurde.

Nun war gerade die Untersuchung des Eremitentums der Inhalt des Kösterschen Forscherdaseins, und die Tatsache, daß der Meister auf dem saß, was er suchte, braucht niemand zu befremden – ist dies doch die Regel, und nur die großartige Organisation der Wissenschaft verhindert, daß die Völker nicht auf dem Wissen sitzen, ohne es zu merken.

Köster merkte etwas. Er hob die Nase und strich seinen Bart, er bewegte die Nasenspitze und prüfte die Luft in der Krypta: roch es nicht eben nach Eselshaut? Nein, er hatte sich getäuscht – es schwebte nur beträchtlicher Weinduft in seinem Keller. Beruhigt erhob er sich, klopfte einem Faß auf den Bauch und sagte:»Köster, glaube mir, dieses Gewölbe ist voll von Geist. Aber ich werde ihn, so Gott will, genehmigen.«

Er erhob sich, stieg die Steintreppe hinauf und öffnete die Tür. Meersburger Keller führen nicht auf gewöhnliche Hausflure, sondern ohne weitere Umstände ins Freie. Professor Köster trat aus seiner Krypta heraus und stand geblendet still. Vor ihm strahlte tiefgrün Weinstock neben Weinstock, und der Hügel, der diese Pracht trug, senkte sich zart gewölbt nach der Stadt hinab, von der nur ein paar graue Dachfirste über das Blattwerk ragten. Ganz unten, am Grunde der Hügel und Berge, breitete sich weithin der See aus.

»Und er ist voll von Felchen«, murmelte Köster, als ob er die Herrlichkeit der Welt zu seinen Füßen abwehren und zu ihrem Inhaber sagen wollte:»Ach nein, danke, ich bin mit allem versehen. Nicht die Welt, nein. Sie ist wundervoll, weiß Gott! Wie das Schiff da eben vor dem Säntis hinzieht. Sie ist gewaltig: ich sehe wohl, wie die alten Berge das Ufer von Bregenz bis Konstanz einhegen. Der See ist über alle Ahnung herrlich – aber mir genügen ein paar Felchen aus ihm.«

Der Kirchenprofessor sah die Welt an, würdigte sie und stellte sie im übrigen seinen Mitmenschen anheim. Er wandte sich und stieg wieder die Treppe hinab in die gesicherten Substruktionen seines Hauses und hielt sorgsam ein Kännchen aus Steingut unter den

Hahn des Fasses, von dem ihm sein Verwalter gesagt hatte:»Herr Professor, hier dürfen Sie.«

Menschen, welche die Welt schlecht und den Bodensee nicht kennen, werden nun zu einer ungerechten Beurteilung des Historikers Gottlieb Köster neigen. Sie irren. Die Bedeutung dieses Mannes stand über allen Zweifeln, aber er war in den Abschnitt des menschlichen Daseins eingetreten, in dem Gelehrte und Ungelehrte zur gleichnishaften Anschauung des Vergänglichen durchzudringen beginnen. Köster schwenkte sein Steinkännchen in der Hand, sah in dessen bernsteingelbem Inhalt das Gewölbe seines Kellers sich spiegeln und im bewegten Spiegel das zuverlässig feste Kellerdach wahnwitzige Bewegungen vortäuschen:»So ist die Welt«, nickte der Weise,»es ist kein Verlaß.«

Still für sich trinkend und nachdenkend saß Köster dann zum zweiten Male über dem Kodex des Antonius von Koma – ohne ihn zu besitzen, der Glückliche. Daß jedoch eine Abhandlung über die unwiderstehliche Gnade anderthalbtausend Jahre in einem geschnitzten Kasten steckt, ohne irgendwann einmal kraft ihrer eigenen Unwiderstehlichkeit den Kasten zu sprengen – das wäre dem Wesen der Gnade entgegen. Diese Gnade unter dem Gesäß Kösters mußte auch bereits den Historiker in ihm beunruhigen. Geheime Ausstrahlungen des Pergamentes drangen von unten her in ihn ein und ließen ihn auf seinem mit Theologie geladenen Sitz nicht recht zur Ruhe kommen. Da tappt etwas! Wer scharrt da? Als ob jemand auf den Steinstufen ginge!

»Jetzt hat's geklopft!« rief Köster und sprang auf. Im Keller war es dämmerig geworden. Köster starrte angestrengt in das Halbdunkel, denn ihm schien, als ob die Kellertür langsam aufginge.»Dort steht ein Kerl«, dachte er,»ich schmeiße ihm mein Weinkännchen an den Kopf.« Er hob eben den Arm, als der Schatten beredt wurde und fragte:»Meditieren Sie, Kollege? Sie sprachen eben laut und scheinen allein zu sein. Grüß Gott, Köster.«

»Mensch, was schleichen Sie hier im Hause herum? Treten Sie doch ordentlich auf, Schwerenot! Guten Abend übrigens.« Köster zündete eine Kerze an, suchte nach einer zweiten Kanne und setzte hinzu:»Nein, Bründel, reden Sie nicht dagegen. Auftreten ist nicht Ihre Sache.«

»Die Zeitläufte, Verehrter«, antwortete sein Fachgenosse und Feriennachbar Professor Bründel. »Zur Sache selbst muß ich aber bemerken, daß Sie eine elende Treppe haben.«

»Na, nun sind Sie da«, lenkte Köster ein, »und diese Krypta erlebt das bei ihrer Erbauung nicht vorgesehene Schauspiel, daß zwei lebendige Kirchenhistoriker nebeneinander auf einer Bank sitzen und sich vertragen.«

Sie tranken. »Gut, nicht?« fragte Köster.

»Hm, die kleine Schärfe geht noch raus, Köster. Passen Sie auf, in sechs Monaten ist der Wein harmonisch. Übrigens sagten Sie: zwei Historiker – wenn Sie noch den Milchbäk aus Immenstaad herüberholten, könnten Sie drei Leute vom gleichen Fach auf einer Bank sitzend und aus einem Fasse trinkend erleben.«

»Den Milchbäk wollen wir lieber in Immenstaad lassen, Bründel. Ich schätze ihn, aber die alte Bank hier unten paßt nicht recht zu seinem Drang nach oben. Der Kerl tut mir zu viel und denkt zu wenig, und ehe Sie sich's versehen, ist da aus dem Drang das Drängeln geworden.«

In langsamer Folge nahmen die Gelehrten Zug um Zug aus ihren Steinkrügen. Sie saßen friedlich nebeneinander und gemeinsam auf dem Kodex von der unwiderstehlichen Gnade, und das Gewölbe über ihnen, das seit Karl dem Großen dastand, hielt auch diesen Anblick aus und fiel nicht ein.

»Bründel, da kommt wieder jemand.«

Sie horchten. »Nein, Köster, das war nur so.«

Die Gelehrten nahmen einen neuen Schluck. »Wissen Sie, Bründel, das Eremitentum erforschen und die Semesterferien hindurch hier oben selber einer sein, das ist nach Gottes Willen.«

»Köster«, flüsterte Bründel, »Sie haben recht – es raschelt.«

Angestrengt lauschten sie. Wahrhaftig! Es bewegte sich etwas im Keller.

»Verdammt, Köster, unter Ihren Steinplatten liegen Tote.«

»Wo denn nicht auf Erden, Bründel? Reden Sie keinen Unsinn.«

»Da, wieder«, sagte Bründel.

»Himmel, das war direkt unter mir!« schrie Köster, sprang auf und fuhr mit der Hand nach seinem Hosenboden.

»Dort?« fragte Bründel leise.

»Schafskopf, wieso in meiner Hose? Unter dem Sitz da!«

Die beiden Gelehrten leuchteten mit der Kerze ihren Sitz und dessen Umgebung ab und horchten. Da tippelte es wieder leise hinter dem Sockelsitz, und Bründel griff mit der Hand nach seiner Stirne und rief lachend: »Kollege, Sie haben Mäuse! Kommen Sie, wir rücken den Sitz ab, dahinter ist das Mauseloch. Das stopfen wir zu und haben Ruhe.«

Die Kirchenhistoriker rückten an dem alten Sockel. Er bewegte sich. Bründel zog mit Gewalt nach vorn, Köster hob mehr nach oben. Plötzlich gab es einen Ruck, die beiden Männer verloren fast das Gleichgewicht, sie hielten den abgehobenen Sitz in der Hand – aber der Weg zu ihrem Mauseloch war nicht gewonnen: der Sitz hatte nämlich wie der Deckel einer Schachtel auf einer Art Kiste gesessen, die nun offen stand. Sie stellten das Schnitzwerk beiseite und leuchteten in die Kiste. Köster blickte erschrocken hinein und brachte kein Wort heraus. Bründel fuhr zurück, hob die Hände mit gespreizten Fingern, auf seine Stirne traten Schweißtropfen, aber er konnte nichts von sich geben als ein glucksendes Lachen: am Boden der Kiste lag zwischen Spinneweben, Tierknöchelchen und Stoffresten der pergamentene Kodex, kreuzweise umbunden mit Lederriemen.

Bründel gluckste wieder, und Köster dachte: kriegt der einen Schlaganfall? Gleich darauf aber hatte er Bründels Gegenwart vergessen, bückte sich und hob die Schrift aus ihrem Behälter. Den Knoten zu lösen, nahm er sich nicht die Zeit, sondern schnitt den Riemen mit unsicherer Hand durch und schlug das Buch auf.

»Majuskeln«, flüsterte Bründel und hielt den Leuchter näher. Nach wenigen Augenblicken hatten die kundigen Männer erfaßt, was für ein majestätisches Kleinod ihrer Wissenschaft in Kösters Hand lag. Der alte Gelehrte ließ eine Handvoll Blätter am Daumen ablaufen, las hier ein Wort und dort eins, schlug den Kodex zu, drückte ihn an seine Brust und setzte sich, immer noch wortlos, auf den abgehobenen Sockelsitz. Bründel aber trippelte mit seinen Spinnebeinen hin und her und rief mit umbrechender Stimme: »Über die Gnade!« Dann, unwissend was er tat, sprang er dicht vor Köster hin, krümmte sich in seinem schwarzen Gehrock zu einem Klex zusammen, schnellte plötzlich wie ein Tintenstrahl aus sich selbst heraus und schrie dem verstummten Köster ins Ohr mit einer Stimme, welche die Toten unter dem Kellerboden erwecken mußte: »Die Unwiderstehliche! Die des Antonius! Des Komaten!! Hahaha!«

Köster streichelte das Pergament und lachte ruhig und eben in sattem Baß vor sich hin: »Hohoho!« Die beiden glücklichen Entdecker wußten von sich nichts mehr. Sie und die gewaltige Handschrift waren ein dreieiniges neues Wesen geworden, das nicht zu hören vermochte, wie unheimlich das Ha und das Ho vom Gewölbe der Krypta zurückklang. Nach einer Pause und wieder nach einer lachten sie wie im Traum ihr Duett, ohne zu bemerken, daß die Haushälterin, welche auf die seltsamen Geräusche hin in den Keller gekommen war, mit gefalteten Händen an der Tür stand und die zerbrochenen Weinkännchen, den schiefen Leuchter, die zerstörte Sitzbank und die beiden irregewordenen Gelehrten anstarrte. Schließlich schritt sie, die Röcke schürzend, über die Weinlachen und Scherben, bückte sich, sah Köster nahe ins Gesicht und murmelte: »Vielleicht sind sie nur betrunken.« Laut sagte sie: »Kann ich den Herrn Professor untern Arm fassen?« Der aber sah ihr selig ins Auge, immer noch den Kodex an seine Brust pressend, und versetzte ihr unversehens einen mächtigen Kuß.

»Sie sind nur betrunken«, sagte jetzt Brigitte und traf mit sicherer Hand ihre Maßregeln. »Bitte nur voranzugehen, Herr Professor Bründel«, befahl sie und schob den murmelnden Gehrock in die Richtung zur Tür. »Nun der andere Herr Professor.« Auch Köster kam in Gang. Sie hielt das schiefgebrannte Licht hoch und, Bründel voran, der Kodex von der unwiderstehlich wirkenden Gnade auf Kösters Armen in der Mitte und das Weib mit dem Licht am Ende, bewegte sich der Zug die Treppe hinan, ums Haus herum und endlich in Kösters Schreibzimmer hinein.

Die frische Luft hatte Köster zu sich gebracht. Er wischte die Papiere von seinem Schreibtisch, legte den Kodex feierlich auf die leere Platte, sah das Weib an und sprach: »Antonius, Bründel und ich werden diese Nacht durchwachen. Koche Kaffee und rede nicht.«

Schon stand der blasse Viertelmond tief im Nordwesten, und in das Frühgrau klangen die ersten Vogelstimmen, als sich die Tür des Häuschens auftat und in dem Lichtkegel Köster und Bründel sichtbar wurden.

»Ja, Köster – daß gerade Sie, ein Kirchenhistoriker, dieses Haus gekauft haben, ist eine Gnade Gottes für die Wissenschaft.«

»Na ja«, sagte Köster, »wenn es nur gnädig für die unwiderstehliche Gnade des Antonius abläuft.«

»Der Antonius«, lächelte Bründel schlau, »ruht in Frieden, aber wir leben. In wenig Stunden bin ich wieder bei Ihnen. Dann arbeiten wir weiter.«

»Nein, Bründel. Heute will ich allein sein mit dem Pergament.«

»Wie Sie denken«, antwortete Bründel, »aber gerade für den Text zwischen pagina 24 und 29 bin ich zuständig. Wollen Sie etwa den Milchbäk heranziehen?«

»Keine Angst«, lachte Köster und klopfte Bründel auf die Schulter, »auch in einem solchen Kodex sind viele Wohnungen, aber den Milchbäk lassen wir beiseite.«

Bründel wanderte beruhigt ab. Er zog die Landstraße nach Überlingen hin, wo sein Ferienhaus stand und rezitierte wie ein Verliebter Textstücke des Antonius. Rechts von ihm stiegen die Weinberge in schlanken Terrassen hinauf bis zum Buchenwald, der die Meersburger Höhen krönt. Links schlug das Seewasser leise an die Ufermauern. Der Bodensee atmete sanft bewegt im Halblicht des erwachenden Tages.

»Dieser Tag hat mich wieder jung gemacht«, sagte Bründel. Er wandte sich um und lugte nach den Höhen: dort oben lag dunkel der schiefe Steinwürfel des Kösterschen Hauses.

»Er schläft schon. Der Mann ist alt. Ihm fehlt der Schwung.« Bründel kam sich angesichts des dunklen Kösterhauses fast jungenhaft vor, er sog die unberührte Luft der frühen Vieruhrstunde ein, hob einen Kiesel auf und wollte ihn behende hinaus ins Wasser werfen. Aber bei dem Ruck des Wurfes knickten ihm die Knie ein, die Schöße seines Gehrockes standen waagerecht ab, und er hockte wie ein schwarzes Teufelchen auf der Straße. Ein Bäckergeselle, der eben auf dem Rade daherkam, sah erstaunt den verbogenen Mann auf der menschenleeren Straße hin und her zucken, lachte gröblich und rief:»Wo kneipts denn, alter Knacker?«

Unruhig sah Bründel dem Bengel nach, der ihm aus der Ferne zuwinkte.»Was weiß solches Pack vom Antonius«, murmelte er, aber ging nun doch ernüchtert durch den Rest Wirklichkeit, der ihn noch von seinem Gelehrtenheim trennte. Sein Ferienfrieden war jedoch dahin. Der Kodex auf der Meersburger Höhe zwang ihn zu einem regelmäßigen Hinundherwandern auf der Überlinger Landstraße.

Im Oktober kam Bründel seltener ins Kösterhaus. Je reifer der Wein wurde, desto seltener kam er. Das lag nicht an der volleren Röte der Beeren auf den Meersburger Hügeln, sondern an einem immer dicker werdendem Stoß Papier, den Bründel auf seinem eigenen Schreibtische zusammenschrieb. In einer der letzten Ferienwochen, als das wissenschaftliche Leben bereits wieder zu plätschern begann, schlug Köster beim Morgenkaffee eine eben eingetroffene Fachzeitschrift auf und gedachte aus sicherer Entfernung ein wenig in ihr zu blättern. Eben stellte Brigitte eine frische Honigwabe auf den Tisch. Köster leckte seinen Bart glatt, löffelte ein gutes Stück Wabe ab und blickte behaglich in die Zeitschrift. Aber plötzlich hielt er inne, sah Brigitte wütend an und rief:»So ein Saukerl!« Der Honig tropfte in langen Tränen auf seine Weste, aber er merkte es nicht, sondern packte Brigitte an der Schürze und rief: »Wie heißt ein Mensch, der stiehlt?«

»O Gott, die Weste«, rief Brigitte.

»Wie der heißt!«

»Ich glaube, ein Dieb!« jammerte Brigitte.»Gleich bringe ich heißes Wasser!«

»Ich glaube auch«, sagte Köster.»Wasser hilft da nicht.«

Die Lust am Frühstücken war ihm vergangen. Er lief mit der Zeitschrift und dem Löffel in der Hand an seinen Schreibtisch und las laut: »Über den vermutlichen Inhalt der vermeintlich unwiderstehlichen Gnade des hypothetischen Antonius. Von Gerhard Bründel.«

Köster ging auf und ab und dirigierte mit dem Löffel, den er immer noch unbewußt in der Hand hielt, unverständliche lange Sätze. Dann aber blieb er stehen, fuhr mit beiden Armen waagerecht durch die Luft und lächelte:»Die Welt? Nein, danke, ich bin mit allem versehen. Was meinst du, Antonius: tun wir uns nicht Schaden an der Seele, wenn wir zugeben, bemaust zu sein?«

Das gleiche Heft lag zur gleichen Stunde neben zwei anderen Kaffeetassen: neben der Bründelschen in Überlingen und neben der Milchbäkschen in Immenstaad. Bründel war beim Lesen seiner Publikation auch nicht recht nach Frühstücken zumute. Er sah im Geist über den ganzen Erdball hin die Köpfe der Fachgenossen über seinen Artikel gebeugt, hörte sie flüstern:»Der Tausend, dieser Bründel!«, und sah, hoch über diesen Gelehrten, seinen Kollegen Köster mächtig durch den Raum schreiten – aber der hatte eine Art Toga an, sein Bauch war weg, ausgedörrt ging er hin und drohte mit der Faust, der Staub der Wüste stiebte unter seinen Sandalen, Kösters Erscheinung verschmolz mit dem Bild des Komaten.»Köster von Koma«, ächzte Bründel,»bist du böse, weil ich dir zuvorkam?« Bründel kratzte sich laut im Bart, las wieder ein paar seiner Sätze, murmelte:»Nicht übel geschrieben«, und zog fröstelnd seinen Gehrock zusammen.

Milchbäk las auch, aber den fror nicht – der geriet in Hitze:»Wie kommt dieser Bründel zu so was! Wo hat der Kerl die Idee her! Was steckt etwa noch dahinter?«

Gleichzeitig wurde dem Überlinger zu kalt und dem Immenstaader zu warm. Sie sprangen beide an ihrem Ort auf, schnappten nach frischer Luft und liefen den Seeweg entlang: Bründel nach Aufgang, Milchbäk nach Untergang. Ungefähr in der Mitte aber zwischen Überlingen und Immenstaad liegt Meersburg, oben auf der Höhe über Meersburg lag der Kodex, und unterhalb des Kodex blieb Milchbäk stehen, sah den Weg entlang, wischte den Schweiß von der Stirne und nickte:»Wahrhaftig, er ist's! Was mir da entgegenkommt, das ist der Bründel!«

»Ha, Kollege!« rief Bründel und griff nach Milchbäks runder, weicher Hand. Antonius, der Erfinder des Einsiedlertums, sah diesen Handschlag nicht. Der erste der Eremiten lag tief in Asiens Ruhe und hat zu seinen Lebzeiten schwerlich voraussehen können, daß zwei Fachgenossen von ihm nach so vielen hundert Jahren an einem wonnigen See oben im Nordreich ungefrühstückt und schweißgebadet seinethalben aufs schwerste aus dem Gleichgewicht der gelehrten Einsiedelei gerieten.

»Wo ist der Kodex, Bründel?«

»Welcher Kodex, Milchbäk?«

»Sie deuten seine Existenz an.«

»Ich? Kollege, ich sagte nur –«

»Daß zweifellos ein unbekannter Satz bestehe –«

»Welcher Satz denn, lieber Milchbäk?«

»Ja eben, teurer Freund, welcher?«

»Ach, mein lieber Milchbäk, wie viel richtige Lösungen erlaubt doch ein so tiefer Autor wie der Antonius!«

»Hm, aber zugrunde kann nur ein richtiger Satz liegen. Sagen Sie, Verehrtester, ist das nicht ein herrlicher Oktobermorgen? Wandern wir doch ein Stück am See entlang. Vielleicht machen Sie mir sogar die Freude, in meinem nahen Garten die wertvolle Unterhaltung mit Ihnen fortzusetzen?«

Bründel blickte hinter sich. Das soll der Mensch nicht tun. Hinter ihm, in Überlingen, lag auf seinem Schreibtisch die verdammte Feder, mit der er seine Publikation geschrieben hatte: Bründel sah über sich: um Gottes willen, da lag der Kodex selbst, Antonius saß darauf, hatte wieder einen Bauch und grinste, als ob er der alte Köster wäre. Und Bründel sagte dumpf: »Zu Ihnen, Kollege.«

Milchbäk war wohlhabend von Natur und sein Anwesen bot einen angenehmen Aufenthalt. Sie gingen stundenlang auf den verschlungenen Wegen des Gartens und des Kodex spazieren. Anfangs kam es vor, daß sie in der Erregung des Gespräches in die Staudenrabatten traten, zuletzt trat Bründel aus Versehen in den Kodex, und Milchbäk blieb stehen und sagte: »Aah!« Nach Tisch wandelten sie ruhiger nebeneinander her, und nach dem Kaffee saß Bründel in der Laube wie ein Mann, dem man einen hohlen Zahn gezogen hat:

befreit und vernichtet zugleich. Milchbäk trommelte mit dem Bleistift leise auf einem Blatt Papier und lächelte: »Ein bedeutender Satz. In der Tat, Bründel, ein großer Satz. Zweifellos echt. Ich will keineswegs mit der Frage in Sie dringen, wo Sie ihn herhaben. Genug, daß er da ist. Dieser Antonius! Ein hübscher, ein ungemein bearbeitbarer Satz: Askese ergreift nur so viel Ewigkeit, als sie Materie begriffen hat. Ich bin Ihnen recht verbunden, Hochverehrter und Lieber, daß Sie mir diesen Spruch des Komaten verraten haben.«

Die Semesterferien waren zu Ende, und Brigitte trug den leichten Koffer ihres Herrn auf den Hausflur.

»Die beiden Pakete behalte ich lieber bei mir«, sagte Köster und begab sich zu einem Abschiedsschluck in seine Krypta. Das große Paket enthielt den Kodex und das kleine die Köstersche Abhandlung über den Fund des Pergamentes und seinen Inhalt. Er wollte die wohlverpackten Schriften eben auf ein Faß legen und nach seinem Steinkännchen greifen, als er Milchbäk oben rufen hörte: »Nur auf ein kurzes Wort, Herr Kollege. Sind Sie im Keller?«

»Wie Gott will«, seufzte Köster, »kommen Sie herunter.« Schnell klappte er die Holzbank hoch und legte den Kodex in die Kiste. »Der tüchtige Milchbäk soll mich nicht nach dem Inhalt dieses auffälligen Paketes fragen. Hat es der Antonius fünfzehnhundert Jahre hier drin ausgehalten, werden ihm die letzten fünf Minuten nicht mehr weh tun.«

»Hier lege ich«, sagte der eintretende Milchbäk, »noch rasch eine Frucht meiner letzten Ferienwochen in Ihre Hand.«

Wenn der Privatdozent gehofft hatte, daß dem alten Schwartenmacher, seinem lieben Ordinarius Köster, diese Frucht den Magen beschweren werde, so hatte er sich nicht verrechnet.

Köster las den Titel, bekam runde Augen, überflog einige Abschnitte, las den Schlußsatz, sah Milchbäk ratlos an und setzte sich schließlich sprachlos auf seine restaurierte Sockelbank.

»Ja, ja«, dachte Milchbäk.

Köster saß nun wieder auf dem Kodex des Antonius – freilich nunmehr als ein wirklich Besitzender. Und zum zweitenmal in diesem alten Weinkeller drückte er, keines Wortes mächtig, ein Schriftstück an seine Brust. Aber diesmal war es kein Antonius, sondern ein Milchbäk.

Milchbäk lächelte.

Köster lächelte auch. Dann lachte Köster. Nicht wie vor Monaten, mit dem Antonius an der Brust, still und selig »hohoho«, sondern mit dem Milchbäk am Busen, schallend und bitter wie ein Schmierentragöde. Milchbäk stutzte: »Worüber lacht denn der Kerl?« Aber Köster schien Milchbäks Gegenwart vergessen zu haben. Er ging schnellen Schrittes im Keller auf und ab, hieb zuweilen mit der zu einer Rolle gedrehten Milchbäkschen Abhandlung auf ein Faß und sagte stoßweise zu sich selbst: »Großartig, Milchbäk. Antonius, das kannst du bei all deinem Eremitentum nicht gewollt haben! Sei ruhig, alter Komate, ich passe schon auf und bringe dich wieder an deinen Ort und in dich.«

Einmal blieb er vor Milchbäk stehen, blinzelte ihn an und kitzelte ihn sogar unterm Kinn, so daß Milchbäk hervorstieß: »Herr!«

»Nein, Milchbäk, die Wissenschaft in Ehren, aber ich und der Antonius haben auch noch Ansprüche zu stellen. Milchbäkchen, tun Sie Ihrem alten Ordinarius die Liebe und schicken Sie heute noch nach unserem teuren Bründel. Ich sah ihn lange nicht. Schicken Sie ihm einen Hahn, einen richtigen Hühnerhahn, Lieber, und lassen Sie sagen, diesen Hahn wären Antonius und ich dem Asklepios schuldig. Halt, Freund, vergessen Sie nicht, den Hahn vorher daraufhin zu prüfen, ob das Aas auch krähen kann. Hören Sie? Er muß nämlich krähen können wie der Hahn des Petrus im Evangelium. Und daß Ihr beide dieses Hähnchen dem Asklepios nicht etwa schlachtet, ehe es dreimal gekräht hat!«

Jetzt wurde dem Milchbäk die Lage ebenso klar wie seinerzeit der Brigitte, und er murmelte: »Besauft sich der alte Halunke da ganz still für sich in seinem Kellerloch hier unten! Ja, so ein alter Ordinarius an der Pensionsgrenze.« Laut sprach er: »Den Hahn zur Feier der Genesung des Antonius besorge ich. Aber auch Ihnen wünsche ich recht gute Besserung, Herr Professor.«

»Danke schön, Milchbäk. Ich kann sie gebrauchen. Aber vor allem müssen wir dem Vater Antonius beispringen.«

»Wir sind ja mitten im Sprung! Bründel und ich haben über ihn geschrieben.«

»Das habt ihr. Und so seid ihr. Aber wie ist das denn mit so einem Riesenkerl wie dem Antonius? Der wohnt irgendwo in Kleinasien, die Sonne scheint, er sitzt so da, schneidet sich die Fingernägel – und hat plötzlich eine Idee!! Milchbäk, was tun Sie, wenn Sie eine Idee haben?«

»Ich schreibe sie auf und gebe eine Abhandlung heraus.«

»Sehn Sie, Milchbäk, Sie sind ein ehrlicher Mann. Ich habe Sie immer dafür gehalten. Ganz richtig: Sie schreiben darüber. Was tut aber so einer wie Antonius, he?«

»Vermutlich hat er darüber in der Gemeinde geredet.«

»Natürlich! Der Teufel soll euch holen! Wissen Sie, Mensch, was der Antonius tat, als ihm die Idee des Einsiedelns kam? Der ließ sein Haus stehn und seinen Esel, seinen Geldbeutel und sein Weib und ging im Hemde in die Wüste und *lebte* seine Idee. Verstehn Sie mich, Milchbäk? Der lebte die Idee erst einmal durch von Anfang bis zu Ende, lebte sie mit seinem Leibe. Und dann, am bitteren Ende, wußte er erst, ob seine Idee Leib und Leben wert und Gottes ist. Ihr aber schreibt, schmiert, redet und wartet, bis einer kommt, der eure Schreiberei lebt.«

»O, die Welt ist eine andere geworden«, lächelte Milchbäk. »Uns stehen keine geographischen Wüsten mehr zur Verfügung. Wir haben leider nur noch geistige. In unserem Gehirn leben wir unsere Ideen durch. Und wahrhaftig! Der Gedanke kann eine verzehrende Gewalt haben. Er macht uns vielleicht nicht weniger leiden als das bloß wirkliche Wüstenelend die alten Kirchenväter.«

»Ach«, sagte Köster, »ich müßte mich doch sehr täuschen, wenn sich die Ideen, die ihr in Bewegung setzt, nicht in einem pensionsberechtigten Dasein bewegten. Die Welt ist eine andere – ein schönes Wort, Milchbäk. In der Tat: die Welt hat verstanden, für die Bewegung der Idee ein gefahrloses Dasein herzustellen. Da aber Leben ohne Gefahr nicht Leben ist, lebt ihr eigentlich gar nicht.

Diese Welt hält nicht mehr lange. Sie hat keinen Saft mehr. Seht doch hin, was ihr zustande gebracht habt: Eure Wissenschaft sperrt sich in eine Fachwelt, eure Kunst in einen Fachkreis –«

»Die Tiefe des Erreichten ist der Masse nicht mehr erreichbar«, antwortete Milchbäk.

»Gute Nacht, Milchbäk. Wenn Sie ganz unten in der tiefsten Tiefe angekommen sind, dann finden Sie das Volk. Seien Sie ruhig, Sie werden es nicht finden. Ihr schwimmt immer oben. Mit den wirklichen Menschen, den Förstern, Barbieren, Soldaten, Bauern und Eisendrehern habt ihr nicht mehr viel zu tun.«

Milchbäk ging mit kurzem Gruße und dachte: »Wie rasch doch der Mensch altert. Vor drei Jahren noch hielt dieser alte Köster die feinst durchdachten Vorlesungen über das vierte Jahrhundert, und jetzt will er die Wissenschaft wie eine Jahrmarktbude im Leben aufschlagen.«

Die Tür schlug hinter ihm ins Schloß. Köster schreckte auf und sah, daß er allein war. Er erhob sich ein wenig vom Sitz und setzte sich mit einem Ruck wieder hin, wie ein Reiter, der vor einem scharfen Ritt Sattel und Bügel probiert: »Nein, Köster, das tust du deinem Antonius nicht an. Die Bank hält. Ein, zwei Generationen muß er noch liegen. Wenn die Fachmänner ausgestorben sind und die Welt erst wieder von Menschen bewohnt ist, darf er ans Licht. Gute Nacht, Antonius. Schlafe noch eine Weile.«

Köster hatte nicht Weib noch Kind, aber er verstand dennoch, die Seinen wohl zu betten und auch den Mann zu finden, der eine zuverlässige Ruhstatt schaffen konnte. Dieser Mann hieß Schottel und war Maurer. Köster zog ihn am Ärmel in die Nische: »Meister, Sie wissen, was ein Abendtrunk in Ruhe bedeuten will.« Schottel schmunzelte. »Also«, fuhr Köster fort, »hier sitz' ich am Abend. Setzen Sie sich mal hin.«

Schottel setzte sich und sah den Professor erwartungsvoll an.

»Merken Sie was?« fragte Köster.

Schottel rutschte hin und her und probierte den Sitz: »Hm, es geht. Ein bißchen steif wird man im Kreuz, wenn's lange dauert.«

»Wohl gesprochen, Meister. Ein steifes Kreuz kriegt man. Wissen Sie, Schottel, Steifigkeit ist der Anfang von Totenstarre. Die kommt von unten. Aus dem Kasten da zieht sie hoch. 's liegt einer drin.«

Schottel sah den Professor von unten heraus an.

»Ein Toter«, sagte Köster.

Schottel stand auf und guckte nun den Sockel an: »Richtig tot?«

»Mm – nun, sagen wir«, antwortete Köster, »einer, der vor der Zeit aufstehn will.«

Der Maurer nahm eine Prise: »Ne, Ordnung muß sein. Tot ist gut. Lebendig ist gut. Aber mal so und mal so, das taugt nicht. Herr Professor, die alten Häuser daherum sind nicht geheuer. Und nun schon Ihres! Hier liegt mancher alte Bursche drunter.«

»Das sage ich ja! Maure's zu!« rief Köster.

Schottel mauerte, und er mauerte gut. Der geschnitzte Sockelsitz verschwand hinter dem Gemäuer. Bald sah der untere Teil der Nische aus wie ein massiver Steinblock. Eine Stufe vor diesem Sockelblock glich die Erhöhung aus, eichene Bohlen gaben eine einwandfreie Sitzfläche, und eine Rückenlehne erlaubte ein unbedrückteres Ruhen und Trinken als der alte geschnitzte Sockel je hatte bieten können. Köster war sehr glücklich und winkte Brigitte heran, die eben in den Keller kam und sagte: »Werde alt, Brigitte, und du wirst alles. Sieh mich an. Ich wache als Hinterbliebener über der unwiderstehlichen Gnade. Ja, Brigitte, ich bleibe bis zur Auferstehung hier sitzen.«

»Recht, bleiben Sie nur ruhig sitzen, Herr Professor«, sagte Brigitte, »ich schicke ihn herunter. Aus der Abreise wird heute doch nichts. Herr Professor Bründel ist nämlich gekommen.«

»Da müssen Sie einen langen Atem haben«, sprach Bründel, der eben eintrat – ein wenig verlegen, aber doch froh, nach all der Zeit und ihren Ereignissen eine unvermutet leichte Anknüpfung gefunden zu haben . . .»Wenn Sie nämlich bis zur Auferstehung warten wollen, meine ich . . .«

»Was sollen Tote Besseres tun, Bründel?«

»Nun, wir leben«, antwortete Bründel, aber er sagte es etwas zaghaft. Ihm war nicht recht geheuer.

»Sie sagten das schon einmal. Beweisen Sie es«, sprach Köster.

»Aber, Kollege, sind Sie denn noch immer böse auf mich?«

»Böse?«

»Wegen des Antonius, Köster.«

»Wegen was für einem Antonius?«

»Na, wegen unseres Kodex doch, lieber Köster.«

»Wovon reden Sie denn, lieber Bründel?«

»Donnerschock, von der unwiderstehlichen Gnade, die wir hier gefunden haben. Ich fand sie doch mit. Lieber alter Köster, ich war's doch, der auf die Idee mit dem Mauseloch kam. Das Mauseloch war ja die eigentliche Ursache. Und da dachte ich: warum soll ich nicht auch darüber schreiben?«

»Mensch, Sie haben über ein Mauseloch geschrieben?«

»Über die verdammte Gnade, Köster! Lassen Sie die Späße.«

»Na, Bründel, an einer verdammten Gnade ist nichts spaßhaft.«

»Nein, Köster. Gar nichts. Aber ich fand den Kodex doch nun einmal mit.«

»Sie haben einen Kodex gefunden?«

»Der Teufel soll Sie holen, Kollege. Hier in Ihrer geschnitzten Bank fanden wir ihn« – Bründel schwieg plötzlich still, saß in Kniebeuge vor dem Mauersitz und starrte den Steinklotz an. Köster ging auch in Kniebeuge und guckte mit.

»Köster?« sagte Bründel leise.

»Ja, Bründel?«

»Hier war doch ein gotischer Sockelsitz, dahinter ein Mauseloch, und in dem Sockel war die Gnade.«

»Hören Sie mal«, sprach Köster, »Sie reden seltsame Sachen: Gotik, Mauseloch und Gnade – nein, Bründel, bei aller Freundschaft . . .«

»Aber Gott im Himmel!« schrie Bründel, »bin ich denn wahnsinnig?«

Köster erhob sich und richtete auch Bründel auf, klopfte ihm begütigend auf die Schulter und sagte: »Freund, ich bin schuld, ich hätte Ihnen den Frischgegorenen nicht vorsetzen sollen. Der ist nichts für einen Historiker Ihrer Art. Leute wie Sie müssen einen ruhigen, ernsten Wein zu sich nehmen.«

Bründel stand steif in der Mitte der Krypta, sah Köster groß an und sagte: »Professor Köster, habe ich hier die unwiderstehliche Gnade des Antonius in der Hand gehabt, oder habe ich sie nicht in der Hand gehabt?«

Köster sah den anderen ebenso ruhig an und sagte ernst: »Glauben Sie einem alten Menschenkenner wie ich bin, Bründel – unwiderstehlich kann die Gnade nicht gewesen sein, die Sie hier gefunden haben wollen. Sie haben geträumt, Mann.«

Jahre sind seit diesem Gespräch vergangen. Milchbäk ist längst ein berühmter Gelehrter geworden – die äußerste Spitze seiner Fachpyramide. Jede aufgehende Sonne grüßt ihn zuerst, und die untergehende sieht er am längsten hinabsinken. Nur das Verschwinden Bründels aus der gelehrten Welt zu beobachten war ihm nicht vergönnt: Bründel erlosch unerklärlich plötzlich. Köster saß noch oft auf seinem soliden Steinsitz, schwenkte sein Weinkännchen, sah das feste Gewölbe über ihm im bewegten Spiegel schwankend stürzen und sagte: »Nicht die Welt. Nein, danke. Ich bin mit allem versehen.«

Aber Antonius, der doch so fern vom Bodensee in Asiens Ruhe lag, mußte ihn verstanden haben: er stand nicht wieder auf, sondern blieb friedlich im ewigen Sande der Wüste liegen und hat wohl seinem Kollegen Köster verziehen, daß der eine Satz – gerade der, in welchem Antonius das durch Askese erreichbare Maß von Ewigkeit den Menschen verraten hat – durch Kösters Unvorsichtigkeit in die Wanderdünen der Fachwelt geriet und dort zermahlen und verblasen wurde.

Der Gobelin

Dem Maler Niklas war es nie gut gegangen. Seit Jahren hatte er die kostspielige Stadt verlassen und wohnte in dem Dorfe Bechstedt bei einem Bauern, der ihm zwei unbewohnte Stuben des Gutshauses vermietet hatte. Neben seiner engen Schlafstube lag das Atelier, ein ebenfalls niedriger, aber ungewöhnlich großer, fast saalartiger Raum, der die Rollstube genannt wurde, weil seit Menschengedenken eine alte hölzerne Wäscherolle darin gestanden hatte und auch jetzt noch – ungefüge schwer aus Apfelholz gebaut und jeder Versetzung spottend – eine halbe Wand des Ateliers für sich einnahm. Fremde Besucher des Malers standen vor der Rolle still, und ihre erste Frage galt dem Sinn dieses Ungeheuers: war es ein uraltes Bettgestell oder war das ein Sarg auf bäuerlichem Katafalk? Den Rollkasten füllten schwere Bruchsteine, das hölzerne Gebäude war in allen Teilen wohlerhalten, die Rollerei konnte jederzeit vor sich gehen, und wenn Niklas sehr wenig Geld oder eine sehr tiefe Idee hatte, faßte er den schweren Rollkasten an seinem von ungezählten harten Bauernfäusten ausgeschliffenen Handgriff und bewegte ihn in Gedanken hin, zurück und wieder hin. Am Anfang der Rollbahn knurrten die alten Hölzer, als ob das böse Tier in dieser uralten Maschine gestört und bissig würde. Am Ende der Bahn aber zwitscherte das schleifende Holz in seiner Führung wie eine Drossel, und beim Rückzug in seine Anfangslage fiepte der Rollkasten zum Sterben traurig.

»Er rollt wieder«, murmelte der Bauer in seiner Stube unten und drückte mit dem Daumen den Tabak im Pfeifenkopfe fester.

Heute rollte Niklas nicht wie gewöhnlich in den bedenklichen Stunden seines Lebens vom Knurren zum Drosselton und endlich zum Sterbelaut. Heute ließ er den Rollkasten am Ende des Auszugs und bewegte ihn nur kunstvoll in kleinen Abständen hin und her, so daß die alte Rolle zwitscherte wie ein Heer von Drosseln.

»No?« sagte der Bauer, der eben einen Sack in die Mehlkammer getragen, ächzend auf den Boden gestellt hatte und nun horchte. Nebenan zwitscherte Niklas, als seien alle Frühlingsdrosseln des Reichs in seiner Malstube beisammen. »No?« sagte nach einer ganzen Weile der Bauer verblüfft und machte die Tür auf, um nach der Ursache dieses Konzerts zu sehen. Ein paar Bilder standen auf den Staffeleien, wie immer. Haufen von Papier lagen liederlich auf dem Tisch, auch wie immer. Niklas aber, eine schmächtige lange Gestalt, hatte mit seinen zarten Händen verzweifelt den Rollgriff gepackt, lag in der Ausfallstellung eines Fechters vor der Rolle und rang mit ihr. »No?« machte der Bauer zum drittenmal. Niklas schreckte auf, sah den Bauer verlegen an und lachte: »Ja, Sie sagen ›no‹. Ich freue mich nämlich.«

»Mir war's doch auch so«, sagte der Bauer mit hochgezogenen Augbrauen.

»Ich habe nämlich Geld!« rief Niklas und sah aus seinen Mondscheinaugen dem Erdumpflüger strahlend ins verwetterte Gesicht.

»Dunderwetter«, brummte der Bauer.

»Drei Bilder auf einmal verkauft. Da!« – Niklas klopfte auf seine geschwollene Brusttasche – »Das reicht für Wochen. Ich wandre in den Wald 'nauf. Morgen um vier Uhr trete ich an.«

»Ins Grüne. Ist schon recht«, nickte der Bauer. »Und um vier in der Früh ist auch recht. Da grunt einen der nasse Klee an – und grunt und ist schon hell, wenn oben noch halb Nacht ist.«

Am ersten Wandertag tat Niklas nicht einen Strich in sein Buch. Er zog die Straße und sah die Welt als seine an, oder er lag auf dem Bauch und betrachtete das Gras von ganz nahe: »Der Bauer hat recht. Mehr läßt sich hierzu nicht sagen: es grunt und grunt.« Am zweiten Tage gedachte er ebenso zu bummeln, aber es geriet anders. In der Schneise eines fichtenbestandenen Hügels traf er auf ein Zigeunerlager: zwei gelbe Wohnwagen, ein Packwagen – die Pferde grasten auf dem Wege, bunte Wäsche hing an Fäden zwischen den Fichten, braungebranntes Volk trieb sein Wesen, und im Nu war er umringt von Kindern und Mädchen, die seine Zukunft weissagen wollten. »Was ist da viel zu prophezeien? Ich bin ein lebender Maler in Deutschland.« Aber ehe er sich's versah, stand er doch am Packwagen und hielt seine Hand hin.

»Der gnäd'ge Herr steht ganz nahe vor einem großen Glück.«

»Meine Güte – Glück?«

»Und das Glück wird größer sein, als es der gnädige Herr ertragen kann.«

»Hm«, dachte Niklas, »woher soll ich wissen, wieviel Glück ich aushalten kann?«

»Das Glück lebt aber noch nicht.«

»Totes Glück, alte Hexe?« rief Niklas.

»Kein Glück hat Leben aus sich, Herr. Du mußt es wecken.«

»Guten Morgen, Glück – und dann?«

»Dann, Herr, schläfst du an ihm ein.«

»Gute Nacht, alter Niklas – und nun ist's aus?«

»Jetzt fängt's an: wer am Glück einschläft, lebt ununterbrochen. Als wenn immer Nacht wäre.«

»Ein schwermütiger Trost, altes Orakel du – zum Teufel, Weib! Was ist das?!« schrie Niklas plötzlich und sah die Wagenplane so genau an, als ob er die Flöhe der Zigeuner darauf zählen wollte.

»Das?« fragte die Alte, »unsre Plane, Herr.«

Niklas prüfte die Fäden unter der Dreckkruste. »Freilich«, sagte ein Zigeuner, der hinzugetreten war, eine Ecke losknüpfte und die Plane ein Stück aufrollte – »schön? He? Und alt! Wir haben's im Kriege gefunden. Ein alter Teppich.«

»Aber mein Gott!« rief Niklas, starrte den Teppich an, der in Wahrheit ein Gobelin war und rollte ihn weiter auf – »wo habt Ihr das her!«

»Weither, Herr. Aus dem Krieg.«

»Und das nimmst du als Wagendecke, Rabenvater?« – das muß man melden, zuckte es durch des Niklas Gehirn, – Herr des Himmels, das ist ein gotischer Gobelin – den muß der Staat zurückkaufen –

»Nicht aus Deutschland«, sagte der Zigeuner lächelnd, als ob er diese Gedanken erraten hätte. »Will der Herr ihn kaufen?«

»Lieber Gott, ich?« antwortete Niklas. »Was wollt Ihr dafür haben?«

Der Zigeuner nannte irgendeine Zahl. Niklas lächelte nur traurig. Da knüpfte der Zigeuner auch die drei anderen Ecken auf, wendete den Gobelin ganz um und breitete ihn auf dem Waldweg aus. Dieser Waldweg war dicht mit Erdbeeren bewachsen, Staude neben Staude, und zwischen ihren weißen Blütensternen sproßten Grashalme, Salbei, Löwenzahnblätter, Moos – in diesem Teppich lag der Gobelin, und der Gobelin schien keinen Saum mehr zu haben: wo fing er an, wo hörte er auf? Er war in das Gras der Erde hineingewachsen und blühte nun mit ihm zusammen auf dem Boden. In der heißen Luft lag der Geruch von Tannenharz; hoch oben im Blauen kreiste ein Bussard.

»So hat noch nie ein Teppich ausgebreitet in der Welt gelegen. Wenn ihn sein Meister jetzt in diesem Saal sehen könnte«, murmelte Niklas. »Was stellt er denn vor? Eine Taube, Gott der Herr und die Menschheit, Flammen in der Luft: das ist die Ausgießung des Heiligen Geistes.«

Niklas legte leise seinen Rucksack und den Stock ins Gras und nahm den Hut ab. Die Zigeuner verstanden nicht, was den fremden Mann bewegte, aber sie mußten es wohl in ihrer Zigeunerseele fühlen, denn sie traten ein wenig zurück, zogen auch die Hüte von den Köpfen, und die Kinder wurden still. Es war nichts zu hören als das dumpfe Grasrupfen der weidenden Pferde. Wo war der Teppich zu Ende? Alles war Teppich, und der lebte, brachte Blumen und Gras hervor, Bäume wuchsen aus ihm und Menschen – lauter unbelerntes, gottnahes Volk: »Die Ausgießung des Geistes in die richtige Welt, in die Welt ohne Lärm und Ameisentum«, sagte Niklas und lachte vor Glück. Als der Zigeuner ihn lachen sah, kam er vertraulich näher: »Was will der Herr also geben für das Tuch?« Wie im Traum antwortete Niklas. »Alles, was ich habe«, griff in seine Brusttasche und zog die Scheine hervor, die ihm eben noch für Wochen, vielleicht für Monate Freiheit, Leben und Schaffen bedeutet hatten. Der Maler sah dem Geldbündel mit keinem Blick nach, aber der Zigeuner blätterte es aufmerksam durch und tuschelte mit den anderen. Niklas sah nichts als Gott und die unzählbaren Feuerzungen im Gras: »Was sind vierhundert kurze Jahre – heute regnen die

Feuerflocken so dicht und goldgelb wie seinerzeit zu Pfingsten in Brabant.«Dann rollte er unbekümmert den Teppich zusammen, lud ihn auf die Schulter und nickte der Zigeunerbande zu:»Ja, Kinder, das alte Tuch gehört nun mir. Mehr als ich habe, konnte ich euch nicht geben. Ihr habt den Heiligen Geist finden und auf weiten Wegen zu mir bringen müssen. Wenn es euch aber einmal not tut und ihr ihn brauchen solltet, klopft nur bei mir an. Ich wohne in Bechstedt.«

Der Zigeuner hatte wohl im Ernst gar nicht so viel Geld erwartet, war auch froh, das gefundene Gut los zu sein und sagte:»Nicht eben viel Geld. Aber es soll langen.«

»Auf Wiedersehen«, sagte Niklas.

»Wiedersehen? Warum nicht, Herr. Wir ziehen so, daß wir in zwei Jahren herum sind.«

»Also in zwei Jahren, zu Pfingsten, wenn die jungen Blätter und der neue Geist raus ist aus der Borke!« rief Niklas zurück und ging mühselig in der Hitze unter der schweren Last seines Gobelins den Weg zurück, den er eben gekommen war. Am späten Abend des anderen Tages war er wieder in Bechstedt, und am Morgen des dritten Tages hing der Gobelin an der Längswand der Rollstube. Niklas hatte seinen zersessenen Lehnstuhl in die Mitte der Werkstatt geschoben, saß darauf und sah den Teppich an.

»So Weiber, Herr Niklas, und ein Liter Wein zuviel – und fünf Wochen Wanderschaft sind herum wie zwei Tage – brrr«, schrie der Bauer von seinem polternden Futterwagen und zog die Zügel an, als er unvermutet seinen Mieter Niklas wieder sah. Niklas lachte: »Das war's eben nicht. Ich habe mir nur einen Teppich gekauft für mein Reisegeld.«

»Haben Sie's fußkalt?«

»Weiter oben! Hier hat's gesessen« – Niklas zeigte auf seine Brust – »ich habe den Teppich an die Wand gehängt.« Der Bauer gab den Pferden einen Peitschenknips:»An die Wand? Einen Teppich? Hü, Liese, komm!« Er sagte nichts weiter und schüttelte nur den Kopf. Auch die alte hölzerne Rolle hatte alle ihre Sprachen verloren, die drohende, die lustige und die traurige, seit der Gobelin eingezogen war. Niklas rollte nicht mehr, sondern verbrachte von jetzt an die nachdenklichen Zwischenzeiten im Anschauen des gewirkten Bildes, und das Bild war auch gar nicht auszuschöpfen. Glaubte Niklas die letzte Tiefe und Grund unter den Füßen zu haben, so quoll irgendwo aus dem Verborgenen neue Form und neuer Sinn.

Schon der Vordergrund war unwirklich und alltäglich zugleich: aus dem braunen Erdboden wuchsen zwischen irdisch bekannten Kräutern, die man heute noch pflücken kann, seltsame Blumen, die nie jemand gesehen hatte. Auf den ersten Blick schien die Landschaft zwischen den Menschen auf der Erde und dem Gott im Himmel erdrecht aufgebaut zu sein, aber wenn man eine Berglinie verfolgen, den Grund eines Felsens, die Umgebung eines Gehöftes suchen wollte, verlor die Welt den Zusammenhang und die Erde ihre Feste, da aller Raum zwischen den Figuren durchwebt war mit Pfingstfeuerflämmchen, die vom Himmel sanken. Am linken Rand des Gobelin sah man eine Burg mit Zugbrücke und Graben, und vor dieser Festung prangte ein König in grünem Mantel, umgeben von seinen Rittern und Damen, Knechten, Pferden und Hunden. Diese glänzende, bunte Gesellschaft war zur Jagd ausgezogen und stand nun erschrocken still vor dem Wunder der Ausgießung des Geistes, das sich eben offenbarte. Den rechten Bildrand nahm eine gotische Stadt ein mit ihren Türmen und Dächern, Brücken und Kirchen. Auch die Bürgerschaft war ins Freie gewandert und eben dran, ein Fest zu feiern mit Singen und Saufen: Fahnen, Geigenspieler, Weinkannen. Und auch hier war der Lärm plötzlich verhallt, das vergnügliche Vorhaben vergessen, die Bürgerschaft stand still und starrte in den geöffneten Himmel.

Die Mitte des Gobelins war beschädigt. Niklas hatte aber die aufgedröselten Fäden sorgsam in die alte Lage gebracht und, soweit sie noch vorhanden waren, auf einem untergelegten Leinwandstück angeheftet: ein geübtes Malerauge konnte erkennen, daß dort ein einzelner Mensch eingewebt war, der, tief in seinen Mantel gewickelt, in sich versunken am Boden kniete. Alle Menschen dieses Bildes blickten in den Himmel und seine Flammen des Geistes; nur diesem knienden Menschen schien der Heilige Geist vertraut und erwartet zu kommen. Über dem unbekannten Einzelnen ballten sich denn auch die Wolken am dichtesten, und in diesem Gewölk erschien Gott der Herr mit der Taube und dem Sohn. Der Himmel war offen. Man sah ins Unergründliche, in dem Engel schwebten und aus dem die ewige Wärme hervorlohte in Gestalt des Feuers, das sich in Flammen teilte und endlich in unzähligen Flammenzünglein auf die Erde fiel, wie Schneeflocken im Winter aus der ewigen Kälte herabzufallen pflegen.

Dies alles sah Niklas auf dem Gobelin. Er nahm es so tief in sein Gemüt, daß sich das wunderbare gotische Bild schließlich quer und unverbogen in den Bechstedter Alltag schob und ohne Abgrenzung ebenso in diesem lebendigen Tage lag, wie der Gobelin in dem Grase des Waldweges gelegen hatte und Gras und Baum und Erde selbst geworden war. Wenn Niklas den Kopf zum Fenster hinaussteckte, sah er nicht seine Nachbarschaft neben dem Bild, sondern nur sein Bild noch einmal: die Blumen, die Gobelinmenschen in Bechstedt – Herren wie Knechte, Arme wie Reiche, Handwerker wie Geistliche: alle waren da, und Pfingsten war auch, und die Leute hatten sich grüne Zweige an die Hüte gesteckt – und Niklas saß allein in seiner Rollstube, sah den Herrn und die Taube und die Feuerzungen:»Brabant oder Bechstedt – wer unterscheidet die!« Er sprang auf, hob die Arme hoch, und ihm war, als ob auf seinen Fingerspitzen Sankt-Elms-Feuer tanzte:»Wenn ich das male«, dachte Niklas.»Das!« rief er plötzlich ganz laut, »einfach das, was der alte Meister gesehen hat, aber neu und im Heute!«

Es klopfte. »Ja, es ist nun Zeit! Jetzt kommt herein zu mir!« schrie Niklas und stand mit ausgebreiteten Armen in der Mitte der dämmrigen Rollstube, an deren Ende die singende Rolle geheimnisvoll wie ein Katafalk an der Wand stand und geduldig auf ihre Sprache wartete.

»Schwerhörig bin ich nicht«, brummte jemand in der Türe, drehte sich um sich selber und kam verkehrt herein. Niklas erwachte bei dem Anblick des dunklen Wesens, ließ schnell die Arme sinken, stellte sich vernünftig hin und sagte:»Nanu«. Dann lachte er: »Schulmeister! Mensch, was haben Sie unterm Arm! Sie bleiben ja an der Klinke hängen mit dem Ding.«

»Ja, was hab' ich da«, knurrte der alte Lehrer Heim und hielt ein kugelrundes Paket vor sich hin. »Grüß Sie Gott, Herr Maler.«

»Der Mond, scheint's, ist die Nacht in den Teich gefallen, und der Schulmeister hat ihn aufgefischt.«

»Der Mond nicht, Niklas. Bloß die Erde. Jaja, Ferien, Verehrtester: man repariert jetzt die Lehrmittel.« Der Schulmeister wickelte ein Blatt des ›Thüringer Landboten‹ nach dem anderen ab, und endlich lag der Herzkern dieser Zwiebel bloß: der Schulglobus von Bechstedt.

»Recht, Meister. Sie tragen zu Pfingsten die alte Erde ein wenig spazieren.«

»Na, spazieren nun grade nicht. Ich komme vom Schuster.«

»Mann! Mit der Erdkugel!?«

»Die Lümmel«, antwortete Heim, »die Flegel! Zur Schulfeier haben sie mir den Globus vom Gestell gehoben; sie kugeln damit – bautz, da ist die Beule drin.«

»Die Erde bekam also eine Beule – na, und?«

»Ich denke, was tu ich nun? Die Bengel durchprügeln. Schön. Die Beule bleibt dabei, wie sie ist. Also zum Schuster damit.«

»Zum Schuster? Was soll der dabei?«

»Mit Pech hat der das Loch gefüllt. Da! Ist doch ganz fein geworden.«

»Das soll ein Wort sein! Die beschädigte Erde mit Pech heilen . . . Hält's denn?«

»Halten! Sie sehn's doch. Hier ist gerade lauter Meer. Ich male die Stelle noch blau, und kein Mensch sieht den Schaden.«

»Sieh mal an«, sagte Niklas vor sich hin, »die Welt ist verbeult. Es flickt sie einer mit Pech. Und dann kommt der andere und malt's himmelblau über.«

»Der Schuster ist kein schlechter Kopf, Niklas. Wissen Sie, was der sagt, als ich mich bedanke? ›Ih, Vater Heim, so 'ne Kugel läßt sich ohne Kunst reparieren. Die da‹ – er zeigt auf seine Schusterkugel – ›die nicht.‹ ›Nein‹, sage ich, ›die bricht.‹ ›Freilich‹, meint der Schuster, ›weil solches Glaszeug durchsichtig ist. Das läßt sich nicht kitten. Aber ein dickfelliges Ding wie die Erde da – das pappt sich immer wieder zurecht. Da guckt keiner durch.‹ ›Auch ein Vorteil‹, antwortete ich. ›Wie man's nimmt‹, antwortete mir da der Schuster, ›meine Kugel kann die Sonne verschlucken und wirft dann Licht – Ihre Erde, na, was kann die groß werfen, he? Schatten! Schatten!‹ Ja, Niklas, das sagt nun ein Schuster von der Erde.«

»So ein verfluchter Schuster!« rief Niklas, »ein Denunziant! Zu Pfingsten! Und wie steht's nun mit uns? Wir wohnen auf dieser geflickten Kugel. Werfen wir Licht oder werfen wir Schatten?«

Bedächtig wiegte der alte Bechstedter Schulmeister den Kopf und setzte sich in den Lehnstuhl. »Na?« fragte Niklas.

»Wenn man dem da glauben darf«, antwortete der Schulmeister und zeigte auf den Gobelin, »werfen wir vor der Hand recht lange Schatten auf diese alte Kugel. Sie macht's ja selber nicht besser. Aber sehn Sie hin: die Ausgießung des Lichtes ist in vollem Gange – man muß abwarten, wie das am Ende ausläuft . . . Rücken Sie erst mal Ihren Tabakkasten heran und stopfen Sie auch.« Und nun begannen die beiden Bechstedter Meister, Erdenmaler beide von Beruf und Sendung, sich langsam durch den Abend hindurchzurauchen bis in die späte Nacht, wie sie es oft schon taten.

Am Tage malte Niklas in dieser Zeit wie ein Besessener. So lange das Licht hielt, stand er und schuf eine Welt nach der anderen. Aber er schuf sie nur für sich: sein Meister des Gobelins hatte das Jenseitige so selbstverständlich und gemütlich auf den feuchten, warmen Boden des Wirklichen gestellt, daß auch im armen Niklas das Hintergründige beweglich wurde, ins Rutschen kam und, eh' er's versah, mit allem Spuk des Himmels und der Hölle in den Vordergrund seiner Bilder rollte. Alles Dunkle in ihm trat unzerhackt und ungemildert heraus und stellte sich zwischen seine gemalten Bäume und Hügel und Gartenzäune, daß schließlich sogar der alte Heim scheu wurde und vor des Niklas letztem Bilde murmelte: »Na, na. Unsre gelben Rapsfelder hinten am Gabelschlag reichen doch bloß bis an den Hopfbach. Dann kommt Korn, und das ist jetzt noch grün. Soviel Raps in einer Flur – das glaubt Ihnen keiner.«

»Raps, Schulmeister!« sagte Niklas, »merken Sie denn nicht, daß das Sonne ist? Aber wie solltet Ihr's merken« – Niklas zeigte traurig auf den Gobelin –»Ihr habt den Sokrates vergiftet und den Phidias verhaftet und Herrn von Kleist erschossen . . .«

»Ich?!« rief Heim.

»Hat's Ihnen der Schuster nicht gesagt, als er Ihnen das Pech und die gläserne Kugel vor die Nase hielt?«

Der Bauer hatte geschwiegen, die Rolle sagte nichts mehr, und nun hielt auch der Schulmeister den Mund. Das hätte nichts geschadet: die drei schwiegen verständnisvoll. Es war aber noch ein Viertes da, was den Niklas ansah, und das schwieg böse und gähnte dazu: das war die Welt. Der Gobelin leuchtete über dem Maler: »Die Ausgießung des Geistes«, sagte Niklas –»der Engel rechts neben dem Herrn, der da eben mit seinem Finger neugierig an eine vorüberschwebende Feuerzunge tippt und probiert, ob das Ding brennt, der ist der schönste – aber ich habe trotzdem Hunger, und heute ist der fünfte: ich muß die Miete bezahlen, Leinwand kaufen . . .«

Eine Woche wehrte er sich und noch eine. Dann ging's nicht mehr. Einen ganzen Tag tat er nichts, als den Gobelin ansehen, aber als es dunkel wurde, sagte er betrübt: »Es hilft nichts«, setzte sich hin und schrieb einen Brief an den berühmten Galeriedirektor Hofrat Wendig, in dem er diesem kenntnisreichen Gelehrten seinen Gobelinfund entdeckte. Niklas hätte den alten Teppich ebensogut in einen Ameisenhaufen stecken können. In einem Nu krabbelte es an den bunten Fäden des Brabanter Wirkers schwarz und wimmelnd hoch. Gelehrte kamen zu Fuß, zu Pferde und zu Wagen nach Bechstedt, gefolgt von einem Schwarm Photographen und Händlern. In den illustrierten Zeitungen Europas erschien nicht nur das Bild des Gobelins: die Blätter brachten auch Ansichten von Niklas, von Bechstedt, vom Fichtenhügel, von Zigeunern und zuletzt vom Bauer und des Bauern Ochsen. Eines Tages hielt ein Auto am Torweg des Gutshauses, und eine Abordnung von Fachleuten nahm den Gobelin sachkundig von der Wand. Niklas stand still dabei, gab seinem Teppich auf der Treppe das letzte Geleit, half ihn in den Leichenwagen heben und klappte mit eigener Hand die Tür des Wagens zu. Der Motor ging an, lautlos glitt der Wagen um die Ecke – ein wenig Staub, vor der Tür die Reifenabdrücke des Autos in der Erde, und Niklas konnte nun in die Rollstube gehen und die beiden

Haken ansehen, welche die Ausgießung des Geistes gehalten hatten: von jedem Eisenhaken hing ringelnd ein Ende Bindfaden herab.

»Die alten Rosthaken«, murmelte Niklas, »so stehe ich da.« Von ihm hingen seine beiden Rocktaschen ab, denn die waren voll gefüllt mit Banknoten. Niklas zog die Geldbündel mit spitzen Fingern heraus und hielt sie von sich ab: »Wie sie stinken«, sagte er und legte sie in eine leere Tabakschachtel. Jetzt rochen sie zwar nicht mehr, aber die unsichere Kostbarkeit dieser Pappschachtel drückte den Maler um so mehr. Wohin damit? In den Tischkasten? Nein, darin lag schon Brot, Wurst und Zeichengerät. Ins Bett? Beileibe nicht – der Geruch zieht in die Träume! Der Kleiderschrank hatte kein Schloß – aber sieh da, die Rolle! Die alte singende Rolle hatte ja nicht nur eine Kehle, sie hatte auch einen Bauch, und der war angefüllt mit schönen kantigen Kalksteinen. Den größten hob Niklas hoch; schob die Schachtel darunter, und wie der Maler den Stein losließ, gab es einen Knacks. Die Pappschachtel war zerdrückt. »Der Mammon verreckt nicht vom Quetschen«, sagte Niklas höhnisch, »Gobelins werden mürbe davon, auch die Maler, und Erdkugeln kriegen Beulen, aber Geld bleibt Geld.« Und Niklas ließ die Rolle zum ersten Male wieder seit langer Zeit singen.

Der Gobelin war weg. Niklas malte wieder. Er sah auf die Wand mit den beiden Eisenhaken, sah mit brennenden Augen so lange, bis es flimmerte, und Feuerzungen schwebten wie goldener Schnee.

Niklas saß in einem Feuertreiben, und seine Bilder gerieten danach. Als der Gobelin noch dahing, hatte er gemalt wie er mußte, nicht wie die Welt wollte. Nun der Gobelin nicht mehr da war und die Längswand der Rollstube nach dem Himmel zu offen hielt, der Blick nicht mehr über die Blumen und Menschen schweifen konnte bis zu den Engeln und erst haltenmachen mußte im Angesicht Gottes selbst – seit die Längswand wieder nichts mehr war als eine getünchte Wand aus Backstein und Kalk – seitdem Niklas den Gobelin nicht mehr sah mit seinen verweslichen beiden Augen – seitdem lebte er erst recht und völlig in der flimmernd funkelnden Ausgießung des Geistes. Die bunten Wollfäden waren fort, aber das Wesen jenes entschwundenen Bildwerkes erfüllte den Raum und den Niklas und alles, was Niklas in diesem pfingstlichen Quartier zu Bilde machte von jetzt an.

Nun begann des Niklas große Malerzeit, und er konnte sich dieses Herrengestalten leisten: wenn er Geld brauchte, zog er nicht mit seinen Bildern auf die Ausstellung in die Hauptstadt, sondern hob nur den wohlbekannten Stein im Rollkasten hoch, und die zerquetschte Zauberschachtel lag handlich vor ihm. Er brauchte bloß Daumen und Zeigefinger anzulecken und einen Hundertmarkschein herauszuziehen.

So lebte er Monat um Monat und malte, und wenn's auf die Neige ging, feuchtete er nur die Fingerspitzen an und zog neue Lebenskraft unter dem Steingeröll der Rolle hervor. Um die Malerseele sanken und schwebten die Feuerzungen des Heiligen Geistes. Er saß wie eingeschneit. Die Türe ging nicht mehr richtig auf, die Fenster waren ihm von Feuerflocken zugeweht. Um die Welt zu sehen, hätte er schon durch den Schornstein gucken müssen. Er tat's eines Tages und sah durch das ungeheure, kohlschwarze Fernrohr, aber erblickte nichts als ein kleines viereckiges Stück Himmel. Die tiefe Bläue und ihre Totenstille bei webendem Leben ergriff ihn so, daß er von nun an oft, bei Tage und bei Nacht, den Anblick der Welt auf diesem Wege suchte. Eines Tages traf ihn der alte Heim an seinem Kaminfernrohr.

»Zieht der Schornstein nicht?« fragte der Schulmeister.

Niklas aber lachte glücklich, brannte ein Streichholz an und hielt es in den Essenzug. Das flackerte ein wenig und ging dann, in langer Flamme nach oben gesogen, zitternd aus: »Da! Es zieht mir alles Feuer und Licht heraus. Alles da 'nauf.«

Der Schulmeister sah den Maler an und schüttelte den Kopf: »Niklas, Sie gefallen mir nicht. Sie müssen mehr an die Luft.«

»Ja, die Luft, Heim. Da fehlte es schon immer.«

»Am Hopfgärtner Weg steht ein Wacholder«, sagte der Schulmeister, »voll von Beeren. Ich mache Ihnen einen Aufguß.«

»Ich weiß«, antwortete Niklas, »der alte Wacholder sticht wie eine Bestie, wenn man pflücken will. Aber laß die Beeren nur hängen, Heim. Gegen die Schwindsucht helfen sie nicht.«

»Nu, nu, Schwindsucht, so schlimm wird's nicht sein, Niklas. Ich pflücke für Sie die Beeren. Zum Ernten muß man harte Hände haben. Meine sind wie Leder.« Niklas sah auf den Stein im Rollkasten, unter dem sein Schatz lag, lächelte und malte weiter. Eines Abends wollte er wieder an die Pappschachtel, leckte den Daumen und fuhr mit spitzen Fingern hinein. Aber er blieb mit seinem Hundertmarkschein erstarrt stehen: die zerquetschte Tabakschachtel war mit blauem Papier ausgeklebt und auf ihren Boden die Fabrikmarke gedruckt – das Bild eines Tannenbaumes. Niklas sah scharf hin: es war schon richtig – blaues Glanzpapier, ein Tannenbaum – sonst nichts. Die Schachtel war leer. »Und das hier«, rief Niklas und schwenkte den Geldschein wie ein Belagerter die weiße Fahne vor der Kapitulation, »das ist der letzte!«

Er hatte gelebt, gemalt und von Zeit zu Zeit die Finger geleckt und neue Kraft aus dem Rollkasten gezogen – und nie bedacht, daß ein Tag kommen mußte, welcher der Pappschachtel auf den verdammten nackten Grund sah.

»Immerhin«, dachte Niklas, »die Tanne ist nicht schlecht gezeichnet, und die Tanne hat vollkommen recht: der letzte Schein soll hingehen, wie die Schachtel es meint – ich werde ihn verwandern.«

Am andern Morgen steckte Niklas den Kopf zum Fenster hinaus und roch die feuchte Erde des frühen Morgens. Das Dach des Bienenhauses lag noch im Schatten, aber der feldsteinerne Kirchturm dahinter leuchtete schon in gelbem Licht. Eben begann die Glocke in ihrem offenen Turmstuhl zu wackeln, dann unregelmäßig hin und her zu schwingen und zaghaft einzelne Schläge ihres Klöppels mit unsicheren Tönen zu beantworten. Der Maler sah dem Beginn des Frühgeläutes zu und freute sich, wie die Glocke langsam in Schwung kam, wie auch die zweite Glocke zu stammeln begann, dann die dritte einfiel und endlich der Herzschlag von Bechstedt im richtigen Takt war und ruhevoll weiterschwang. Niklas hörte das Hoftor klingeln und sah den Bauer heraustreten mit dem Gesangbuch unterm Arm und ein paar Stengeln Krauseminze in der Hand, die er sich von Zeit zu Zeit unter die Nase hielt. Krauseminze, dachte Niklas, die nimmt er mit zum Riechen, daß er nicht zu schnell einschläft. Er muß mit einer langen Predigt rechnen. Heute? Ja freilich – es ist Pfingsttag; – Niklas warf den Rucksack über, und die

Glocke tat eben ihren letzten Schwung, als der Maler ins Freie trat. Er wanderte die alte Straße, die er immer in den Wald hinaufgegangen war. Nur ging es nicht so schnell wie sonst. Niklas war beklommen und griff oft nach der Brust und atmete: die Krankheit, die er einfach Schwindsucht genannt hatte und die der alte Heim mit Wacholdersaft besänftigen wollte, mußte emsig in ihm weitergenagt haben, seit er zuletzt diese Straße gezogen war. »Wie lange ist das eigentlich her?« murmelte Niklas kurzatmig, während er den Fichtenhügel hinaufstieg, »Pfingsten war damals auch – voriges Jahr? Nein, da malte ich mein gelbes Bild. Also zwei Jahre. Zwei Jahre? ›In zwei Jahren sind wir herum und wieder hier‹, hat doch der Zigeuner zu mir gesagt . . .«

Er schritt den letzten Anstieg des Pfades hinauf, bog die Eschenzweige auseinander – da lag der Waldweg: die Fichten schwankten leise, am Ende der Schneise stand wie damals das Kornfeld als eine grüne, sanfte Mauer. Totenstille. Niklas ging müde über das Gras: »Wo seid Ihr, meine Freunde? Und mein Bild vom Geist, ach, in welches Museum haben sie dich gebracht? Hier lag der Gobelin, in lauter Erdbeerblüten und auf Salbei und Löwenzahnblättern. In der Bläue schwebte ein großer Vogel. Heimatloses Volk stand um das Bild herum – das wollte heute doch hier sein.«

Niklas wanderte langsam weiter. Es war ein mühsames Gehen, Schritt vor Schritt. Die Sonne wärmte nicht, ihn fror trotz des klaren Sonnenstrahls. In einem Dorfe nahe dem Fichtenhügel verbrachte er die Nacht, aber er lag schlaflos und hatte Angst vor der Ferne. Am anderen Morgen schritt er denn auch seine Wanderstraße nicht fort, sondern ging auf dem grasigen Waldweg zurück. Es zerrte etwas an ihm – hin, her, hin: »So habe ich es mit meiner Rolle gemacht«, murmelte Niklas, »immer hin und wieder – aber der Klang steht nicht auf Drosselschlag. Das klingt eher nach dem unteren Ende.«

Entschlossen kehrte er um. Als er spät abends in Bechstedt ankam, stand der Bauer im Torweg und schmunzelte: »Schon wieder daheim? Und diesmal ohne Teppich? Na, Ihre Freunde waren da und haben nach Ihnen gefragt.«

»Wer?«

»Gute Freunde vom Herrn Maler wären sie, haben sie gesagt. Zigeuner, Herr Niklas!«

»Was?« rief Niklas, »meine Zigeuner etwa?«

»So stimmt's doch?« knurrte der Bauer. »*Ihre* Zigeuner? Zwei Hühner fehlen mir seitdem, eine Ente und der Spankorb mit Eiern. Diebespack!«

»Wann waren sie denn hier?«

»Wann?« – der Bauer dachte nach – »heute ist Freitag – am Montag zog die Bande durch.«

»Dann sind sie schon weit. Ich hole sie nicht mehr ein«, sagte Niklas traurig.

»Die kriegen Sie nicht mehr. Die Hühner sind hin und die Ente und die Eier dazu. Aber dem Maler soll ich einen Gruß bestellen, und nun könnten die Zigeuner erst in zwei Jahren wiederkommen. Und ein Paket haben sie auch dagelassen. Ich habe es aber nicht oben rauftragen lassen. Es ist doch verlaust. Da, am Holzstall in der Ecke liegt's. Zwei Hühner, eine Ente . . .«

So federnd war Niklas auf seiner ganzen Wanderung nicht gegangen wie jetzt am abendlichen Ende seines Weges über den holprigen Hof nach dem schiefen Holzschuppen. Hier hatte der Bauer das Bündel hingeworfen: ein grauer Leinwandpacken. Kopfschüttelnd schnitt Niklas den Strick auf, aber der Stoff, den er für die Hülle hielt, war das Ganze. Niklas faltete das Tuch auseinander – ein großes Segeltuch, leer. »Was soll das?« dachte der Maler, »eine Wagenplane? Denken die, ich kaufe alte Wagendecken auf, weil ich damals den Gobelin erwarb? Oder haben sie erfahren, daß ich den Gobelin verkauft habe? Zigeuner sind geheimnisvolles Volk, dem nichts entgeht. Soll das etwa der Ersatz sein?«

Niklas sah nachdenklich die große graue Plane am Boden liegen. Es dunkelte immer mehr. Um das Scheunendach flatterten lautlos die Fledermäuse, und der Hofhund setzte sich still neben Niklas, sah ihn an und wedelte. Nichts war zu hören als das Schwanzwischen des Hundes in den Hobelspänen, die am Boden lagen. In der Dunkelheit leuchteten die Hobelspäne und Fichtenscheite. Niklas starrte auf das graue Nichts und auf die schimmernden hellen Holzsplitter. »Wie das leuchtet«, dachte Niklas, »ja, sie leuchten!« Wie Flammenzungen wanden sich die gelben Späne. »Pfingsten trotz Nacht und Fledermaus und Hund« – der Maler faltete das

Tuch zusammen und lud es auf seine Schulter –»das graue Tuch gehört nun mir. Es ist leer, aber ich will die Feuerzungen hineinfahren lassen und ein Bild aus ihm machen.«

Am anderen Tage hing die große, graue Leinwandplane an den beiden Gobelinnägeln der Rollkammerwand. Niklas saß stundenlang still davor in seinem Ledersessel und sah unverwandt auf die leere Leinwand. Dann griff er nach seinen Pastellstiften und fing an zu zeichnen. Sein Werk gedieh: schon am Abend konnte man am linken Rande das Bild des Schulmeisters erkennen, der die verbeulte Erdkugel in der Hand hielt und stolz mit steifem, langen Zeigefinger auf die gekittete Stelle der Erde wies. In den nächsten Tagen schwebte auf dem Grau des Grundes am rechten Bildrand der Glockenstuhl von Bechstedt. Der Bauer stand breitbeinig davor und hieb mit seinem Spaten an das Glockenerz – er mußte gewaltig zugeschlagen haben, denn entsetzt fuhr der Pastor, offenbar aus seinem Morgenschlaf gestört und nur mit dem geistlichen schwarzen Rock bekleidet, händeringend aus der Tür der Pfarrei. In die Mitte hatte Niklas sich selber gemalt. Er kniete auf einem milden Rasen von Federgras, Salbei, Löwenzahnblättern und Erdbeerstauden. Sein Haupt war tief gesenkt und mit zarten, durchsichtigen Händen drückte er eine gläserne Kugel an seine Brust. Die Kugel strahlte in den Regenbogenfarben, und das Licht brach wunderbar aus ihr hervor. Die Kugel schien die Sonne selbst zu sein, denn sie allein sandte Licht in das Bild, ließ es in Feuerzungen und Garben auch nach oben in den Himmel strahlen und bestimmte die Richtung der Schatten, welche die Körper auf die Erde warfen. Die große Mittelstelle im Himmel war noch freier, grauer Leinwandraum.

Und dieser Himmelsraum wurde nie gemalt: je weiter das Bild gedieh, desto schwächer und elender wurde sein Maler. Faser für Faser Leben, Tropfen für Tropfen Blut und Hauch für Hauch Empfindung löste Niklas aus sich heraus und lud es in sein Bild hinein. Das Bild wurde von Tag zu Tage wärmer und satter und Niklas von Tag zu Tage bröckliger und klüftiger.

»Morgen male ich ihn«, hatte er am Abend zum Bauern gesagt.

»Wen denn?« fragte der Bauer und hörte auf zu rauchen, damit der Maler nicht so husten mußte.

»Den, der unser bißchen Licht einerntet«, antwortete Niklas.

»Was der aber für Gabeln und Fuhrwerk haben muß. Licht einfahren ...«, brummte der Bauer kopfschüttelnd. »Ich gebe Ihnen eine Wärmeflasche mit, und morgen bleiben Sie schön im Bette, Herr Niklas.«

Am Morgen fand ihn die Magd, die den Kaffee brachte, im Lehnstuhl sitzen und lächeln. »Es geht ihm ja besser«, dachte sie, lachte ihn an und sagte: »Guten Morgen.« Aber als Niklas sich nicht rührte und immer so weiterlächelte, machte die Magd langsam den Mund auf, starrte, schrie auf und setzte klirrend das Geschirr auf den Tisch und lief zur Türe hinaus. Niklas lächelte weiter in seinem Lehnstuhl vor dem Bild der umgekehrten Ausgießung des Lichtes.

»Tot?« fragte der Bauer und faltete die Hände.

»Tot?« fragte der alte Heim und drehte versonnen an dem Globus, daß sich die Erdkugel schneller und schneller um ihre Achse drehte, bis schließlich Land und Meer nicht mehr braun und blau, sondern nur eines schienen und grau.

»Tot?« sagten die Zeitungsmänner und tauchten die Federn ein. »Tot?« die Fachleute, erinnerten sich und ließen eine Zeitlang die Daumen umeinanderkreisen. »Tot?« rief der Galeriedirektor Wendig, fuhr eilends mit seinem Stab nach Bechstedt und strahlte vor Freude über das unbekannte und von ihm eben noch rechtzeitig entdeckte Rollkammergut.

»Das gibt auf Jahre hinaus wissenschaftliche Arbeit«, sagte er zu seinem Generalassistenten, »das gibt neue Gedanken, Bücher, Brot, und nun frage ich Sie, lieber Doktor: hätte der arme Schlucker so viel und so gut gemalt, wenn wir's ihm hätten wohl sein lassen bei seinen Lebzeiten, wie? Ein Galeriedirektor muß vor allem Glauben in seinem Herzen haben. Sehn Sie diese Bilder an: die deutsche Kunst geht nicht unter. Es fällt eben kein Sperling vom Dach, ohne daß der himmlische Vater dieses weiß und will. Ein jeder hat genug Sorge, wenn er des eigenen Berufes gedenkt: den lebenden Maler stellt Gott anheim, meine Lieben. Liegt der Vogel aber an der Erde, dann gehört er der Erde, dann ist er unser – und dann kein Besinnen, sondern ein fröhliches Zugreifen und Ernten!« Für wenig Geld erwarb er von dem Bauer, der des Niklas Erbe war, den gesamten Nachlaß und rettete ihn damit vor der Zersplitterung.

Des Niklas Bilder hängen nun in den schönen, fein abgetönten Sälen der Galerie. Die Hauptwand nimmt das sogenannte »Fragment« ein, jenes letzte, große Bild des Sterbenden, auf dem man Schulmeister und Bauer, Erdkugel und Schusterkugel, Feuerzungen und eine leere Stelle dort, wo Gott hingehört, sehen kann.

Dieses Bild, das zum Teil nur aus Pastellfarben besteht, wird sorgsam von einem besonderen Diener behütet, und diese Sorgfalt ist sehr notwendig, denn wie leicht verwischt die lockere Kreidefarbe und wie fürwitzig und sorglos gehen die Besucher an solche einmaligen und kostbaren Werke heran! Eines Tages sind im Marmorportal der Galerie sogar Zigeuner erschienen – gewöhnliche, schmutzige, verlauste Zigeuner – und haben gesagt, sie wollten in die Niklassäle hinauf und das große Bild ansehen. Die Beamten hatten Mühe, das Pack loszuwerden – denn Niklas lag nun schon seit zwei Jahren wehrlos in der Erde am Fuße des Bechstedter Glockenturms. Er konnte Dieben kein Bild mehr nehmen.

Ende

Über tredition

Eigenes Buch veröffentlichen

tredition wurde 2006 in Hamburg gegründet und hat seither mehrere tausend Buchtitel veröffentlicht. Autoren veröffentlichen in wenigen leichten Schritten gedruckte Bücher, e-Books und audio-Books. tredition hat das Ziel, die beste und fairste Veröffentlichungsmöglichkeit für Autoren zu bieten.

tredition wurde mit der Erkenntnis gegründet, dass nur etwa jedes 200. bei Verlagen eingereichte Manuskript veröffentlicht wird. Dabei hat jedes Buch seinen Markt, also seine Leser. tredition sorgt dafür, dass für jedes Buch die Leserschaft auch erreicht wird.

Im einzigartigen Literatur-Netzwerk von tredition bieten zahlreiche Literatur-Partner (das sind Lektoren, Übersetzer, Hörbuchsprecher und Illustratoren) ihre Dienstleistung an, um Manuskripte zu verbessern oder die Vielfalt zu erhöhen. Autoren vereinbaren direkt mit den Literatur-Partnern die Konditionen ihrer Zusammenarbeit und partizipieren gemeinsam am Erfolg des Buches.

Das gesamte Verlagsprogramm von tredition ist bei allen stationären Buchhandlungen und Online-Buchhändlern wie z. B. Amazon erhältlich. e-Books stehen bei den führenden Online-Portalen (z. B. iBookstore von Apple oder Kindle von Amazon) zum Verkauf.

Einfach leicht ein Buch veröffentlichen: **www.tredition.de**

Eigene Buchreihe oder eigenen Verlag gründen

Seit 2009 bietet tredition sein Verlagskonzept auch als sogenanntes "White-Label" an. Das bedeutet, dass andere Unternehmen, Institutionen und Personen risikofrei und unkompliziert selbst zum Herausgeber von Büchern und Buchreihen unter eigener Marke werden können. tredition übernimmt dabei das komplette Herstellungs- und Distributionsrisiko.

Zahlreiche Zeitschriften-, Zeitungs- und Buchverlage, Universitäten, Forschungseinrichtungen u.v.m. nutzen diese Dienstleistung von tredition, um unter eigener Marke ohne Risiko Bücher zu verlegen.

Alle Informationen im Internet: **www.tredition.de/fuer-verlage**

tredition wurde mit mehreren Innovationspreisen ausgezeichnet, u. a. mit dem Webfuture Award und dem Innovationspreis der Buch Digitale.

tredition ist Mitglied im Börsenverein des Deutschen Buchhandels.

Dieses Werk elektronisch lesen

Dieses Werk ist Teil der Gutenberg-DE Edition DVD. Diese enthält das komplette Archiv des Projekt Gutenberg-DE. Die DVD ist im Internet erhältlich auf **http://gutenbergshop.abc.de**

Zeitfracht Medien GmbH
Ferdinand-Jühlke-Straße 7
99095 Erfurt, Deutschland
produktsicherheit@kolibri360.de